# 私はとんでもない

## フランソワーズ・サガン『悲しみよこんにちは』を読む

JE SUIS INCROYABLE: LIRE BONJOUR TRISTESSE

土田知則
Tomonori Tsuchida

小鳥遊書房

# 私はとんでもない

## フランソワーズ・サガン『悲しみよこんにちは』を読む

目次

はじめに――複雑に揺れ動く途轍もない小説　7

1　不在の母親――物語の不可視な中心　17

2　「大きな子ども」、そして「何よりも可愛く、素晴らしい玩具」　27

3　「家族の知性」――「教育」に関する対立姿勢　37

4　セシルとアンヌの対立――その根底深くにあるもの　61

5　もう一人の「私」――「二重性」の発見　83

*Lire Bonjour tristesse*

6 反抗と同調の論理——アンヌの平手打ち 105
7 反抗と妥協の論理——セシルの喫煙 131
8 小説内演劇?——二重性溢れる演出 149
9 演技と本気——お芝居と現実の狭間で 173
10 「悲しみ」とは何か? 181
おわりに 191

*Je suis incroyable*

# はじめに

## ——複雑に揺れ動く途轍もない小説

本書で読解・分析の対象にしたのは、フランスの小説家、フランソワーズ・サガン（Françoise Sagan, 1935-2004）――本名、フランソワーズ・コワレ（Quoirez）――が、一八歳で執筆したデビュー作、『悲しみよこんにちは』（*Bonjour tristesse*, 1954）である。ちなみに、彼女のペンネーム（サガン）は、マルセル・プルースト（Marcel Proust, 1871-1922）の大作『失われた時を求めて』（*A la recherche du temps perdu*, 1913-1927）に登場する、サガン大公夫人に由来する。この小説は、作者が若い女性だったことも影響したのか、出版当初から大変な話題となり、今でもなお、多くの読者たちを魅了し続けている。

作品の人気を高めるのに寄与したもう一つの理由は、錚々《そうそう》たるスタッフ・名優たちによる映画化だったと考えられる。本作は、監督、オットー・プレミンジャー（Otto Preminger, 1905-1986）、音楽、ジョルジュ・オーリック（Georges Auric, 1899-1983）の担当で、一九五七年に英米の合作として映画化され、翌年、世界各国で上映されている。主な登場人物と、その配役は以下のとおりである。

セシル（Cécile）ジーン・セバーグ（Jean Seberg, 1938-1979）
アンヌ（Anne）デボラ・カー（Deborah Kerr, 1921-2007）
レイモン（Raymond）デヴィッド・ニーヴン（David Niven, 1910-1983）

エルザ（Elsa）ミレーヌ・ドモンジョ（Mylène Demongeot, 1935-2022）
シリル（Cyril）ジェフリー・ホーン（Geoffrey Horne, 1933-）
＊映画ではシリルの名が、フィリップ（Philippe）と変更されている。

この映画でとりわけ注目され、評判を集めたのは、セシル役のジーン・セバーグが披露したヘアー・スタイルだった。「セシル・カット」と呼ばれる極端に短い髪型で、観客たちに鮮烈な印象と多大な衝撃を与えたことは、想像に難くない。テクストではなかなか表現できない、反抗心溢れるセシルのイメージを、映像という手段を通じ、巧みに演出したものと評価されるだろう。本書では映画に関する議論は控え、ひたすらテクストの精読（close reading）のみに没頭したいと考えているが、『悲しみよこんにちは』というテクストには、優れて映像的と感じられる場面が多々あるし、演劇（お芝居）的な仕掛けもふんだんに利用されている。そのことだけは、最初に指摘しておきたいと思う。

父親と二人だけの自由奔放な生活に割り込んできた母親代わりの女性を巧知な計画手段によって死に追い遣る一七歳の女性の物語といった「あらすじ」を述べるだけなら、おそらく数分とかからない、一五〇ページほどのこのテクスト（原書）を、どうして今、精読しようと考えたのか。それは多分、『悲しみよこんにちは』というタイトルが発する、ある種のちぐはぐさにある。この小説が「悲しみ」という感情を話題にしていることは、素直に想像がつく。だが、それに「こんにちは」と呼びかける心境とは、いったいどのようなものなのか。こうした疑問に対し、何らかの解釈を提示することが、本書の狙いの一つとなった。

また、大人たちを動かし翻弄する一七歳の女性が、物語をリードしていくという設定にも、大いに興味を引かれた。この物語の面白さや醍醐味――そして、難しさ――は、すべてがおそらく、セシルの突飛な振舞いや、極端な変化を示す彼女の心情に由来している。その点に関しては、彼女の一人舞台といっても過言ではない。物語を攪乱し、そこに緊張感と同時に躍動感を与えているのは、セシルの抱え持つ、複雑な「二重性(dualité)」に他ならないからだ。

語り手を彼女に設定したことも、この物語を混乱させる大きな要因となっている。無論、例外もあるが、通常の語り手であれば、作品内の定点に位置し、偏りの少ない描写や情報を提示しようと試みるだろう。だが、「二重性」の化身ともいうべきセシルは、不安定に揺れ動く自身の思いを遠慮なく口にするだけで、周りの人たちの心情を、あまり明確に説明しようとはしない。物語の語りに不均衡が生じ、セシルが「信頼できない語り手」に変じるのは、ほぼ必然的といえるだろう。

定まった考えを持たず、軽々に相矛盾した態度を取り続けるセシル。

## はじめに――複雑に揺れ動く途轍もない小説

そんな彼女と付き合わされたあげく、最後に不幸な死を迎えるのが、亡くなった母の友人で、セシルが寮生活をしていた頃世話になったアンヌだ。アンヌは、ある日突然、セシルと父レイモンが休暇を過ごす海辺の別荘にやってくる。その後の物語は、ほぼセシルとアンヌの二人を巡って繰り広げられるといってもよいだろう。常に毅然とした態度で物事を処理しようとする、知的で聡明な四二歳の女性、アンヌ。そして、父親との自由奔放な生活に浸りきり、自分の将来を真剣に考えようとしないセシル、一七歳。年齢も性格も大きくかけ離れた二人が、いわばこの物語の主人公だ。互いに心の内を探り合うような雰囲気で始まる彼女たちの関係は、物語の開始直後から急速に不穏で険悪な空気を醸《かも》し出していく。立派な成人女性のアンヌには、とりあえず非難すべき点は見当たらない。しかし、セシルにしてみれば、そうしたアンヌの存在が鬱陶《うっとう》しくて仕方がない。それは反抗期にあると思われる女性が、同性の大人に対して示す、極々自然な態度なのかもしれない。

物語は、二人の間に展開する「心理小説」のような形で進行するが、超然としたアンヌはあまり多くを語らない。語り手という事情もあるだろうが、自らの感情を絶えず爆発的に曝け出すのは、たいていの場合、セシルの方である。サガンは、自身と年齢の近いセシルに語り手役を託すことで、物語に迫真性や信憑性を与えることに成功しているともいえる。

一七歳の主人公の内面を生々しく浮き彫りにすることに関しては、一八歳という作者の年齢は重要な強みとなったに違いないからだ。

このテクストは、主人公セシルの精神的な葛藤を精緻に描き出してはいるが、決して無難な心理小説には仕上がっていない。セシルは一つの気持ちに定着せず、相拮抗する情念の間で絶えず揺れ動くからだ。しかしながら、それがこのテクストの魅力であり、読みどころでもある。人はあらゆる状況に対し、公明正大、沈着冷静な態度を維持できるわけではない。人間である以上、驚いたり、うろたえたりすることも多々あるだろう。明らかに矛盾した言動に訴えてしまうこともあるだろう。同じ一つの対象に対し、両面感情的な言明――「愛している」/「憎んでいる」など――を口にしてしまうことさえあるだろう。セシルはまさしくそうした存在なのだ。読者は、彼女の頻繁な感情の変化に遭遇し、一瞬、ある種の思考停止状態に追い遣られるかもしれない。彼女の情念が今どの辺りを彷徨《さまよ》い、どちらの方向に向かっているのかと、つい足を停め、考え込んでしまうからだ。そうした複雑で不安定な意識の流れを、可能な限り精緻に読み解くためには、テクストの「精読」が、どうしても欠かせない作業となるだろう。本書でもそうした「精読」をできる限り実践したが、依然として読み解けない部分も残されている。読者諸氏からの率直なご教示を仰ぎたいと思う。

## はじめに――複雑に揺れ動く途轍もない小説

本書で論述の中心に据えたのは、セシルとアンヌの間で繰り広げられる、両面感情溢れる「心理合戦」の動向と、「悲しみ」という言葉――および、『悲しみよこんにちは』というタイトル――に関する問題だが、言及したその他のことがらについても、簡単に述べておくことにしよう。

この小説は「心理小説」であると同時に、「家族小説」でもある。「構成員の欠けた家族小説」、あるいは「失敗した家族小説」と呼ぶ方が、むしろ正しいのかもしれない。セシルには、物語の始めから「母親」が欠けている。それだけではない。彼女には名前さえ与えられていないし、父娘の間でも、彼らとアンヌの間でも、彼女のことはほとんど話題に上らない。セシルは母親のいない生活を、むしろ謳歌しているとさえ思われるのだ。アンヌの旧友だったという彼女は、いったいどのような女性なのか。セシルの「第二の母親」になるはずだったアンヌも、セシルとの間でさまざまな確執を味わった末、死亡してしまう。結局、レイモンとアンヌの結婚は、計画途上で失敗してしまうのだ。このように、この物語では「母親の不在」とも称すべき事態が二度も生じている。これには果たして、意義深い理由のようなものが存在するのだろうか。

母親とは対照的に、父親とセシルの関係は、異常なまでに親密である。物語には「近親相姦的」(66)という言葉さえ登場するくらいだ。「家族・家庭」のあり方という問題を考える際、この小説は意外と興味深い提言や視点を提供してくれるかもしれない。

「家族・家庭」の話となると、ほぼ必然的に「教育」という問題が立ち現われる。また、それに合わせ、「性」の問題も浮上する。この物語もまた、例外ではない。「教育」と「性」。それは、実直な四二歳のアンヌと、多感な一七歳のセシルを引き離す、協調不可能な領域だからである。二人の確執は、すべてこの二つの問題から生じている。そう考えても、多分間違いではないだろう。

物語の形式や構成という点から考えても、このテクストは興味深い特徴を有している。セシルは父娘の間に割り込んできたアンヌを、演劇擬《もど》きのお芝居を仕組むことで遠ざけようとする。それは物語技巧的に言うなら、小説というジャンル＝枠のなかに、演劇＝お芝居というもう一つのジャンルを――いわば小説内演劇のような形で――組み入れるということだ。無論、それを演出するのはセシル本人である。しかしながら、この若年の素人演出家による「作品上演」は、現実と虚構の間でさまざまな綻《ほころ》びを見せ、なかなか思うように進行しない。結果的には目的を達したともいえるのだが、それはセシルが予想したものとは大きくかけ離れていた。代償は、あまりに深刻だったからである。アンヌとセシルの言動を見れば、お芝居はセシルが「計画」を開始する以前から既に始まっていたとも思われる。だが、家族のドタバタ劇程度で終結するかと思われたこの物語は、セシルが知恵を絞った「計画」により、すっかり様変わりしてしまった。虚構的に仕組まれた本気と演技の入り混じった企みは、演出者の思惑を超出し、期待とはまったく違う方向に一人歩きしてしまう。『悲しみよこんにちは』とは、そんな途轍もない小説なのである。

テクストについては、多様な解釈が可能であり、それを支えるのが徹底した「精読」であることは疑いを得ないだろう。それは対象がいかなるものであっても、おそらく変わらない。決して大作とはいえないテクストにも、「精読」を重ねることで、思いがけないような「読み」の可能性が生じるかもしれない。数多くのテクストに関し、想像力溢れる「精読」が持続的に実践されていくことを、心から期待したいと思う。

使用したテクストについては、以下のとおりである。訳文は基本的に筆者によるものだが、邦訳も適宜参考・使用させていただいた。

テクスト

・Françoise Sagan, *Bonjour tristesse*, Julliard, Presses Pocket, 1954

邦訳

フランソワーズ・サガン

・『悲しみよこんにちは』朝吹登水子訳、新潮文庫、一九五五年（初版）

・『悲しみよこんにちは』河野万里子訳、新潮文庫、二〇〇九年（初版）

＊セシルの父親名（Raymond）に関しては、「レーモン」、「レエモン」、「レイモン」など、複数の日本語表記があるが、本書では、河野訳に合わせ、「レイモン」に統一した。

＊テクストからの引用に関しては、（10）、〔100〕のような表記で本文中に頁を提示した。

＊筆者による補足説明などは、〔　〕内に表記した。

# 1

# 不在の母親

## ——物語の不可視な中心

物語は、女性主人公＝語り手のセシル（Cécile）が一七歳の夏に海辺の別荘地で体験した出来事を後に克明に回想するという形で展開されていく。セシルは四〇歳の父レイモン（Raymond）、彼の二九歳の愛人エルザ（Elsa）とともに、彼女の言う「奇妙な三人家族」（20）を形成している。つまり、ここでセシルが語る物語の結構は最初から「家族小説」のようなものとして練り上げられているのだ。

家族の形が多様であることはいうまでもないが、家族と聞けばもっともよく想像されるのは、とりあえず両親と子どもという基本的な成員であろう。しかし、既に明らかなように、セシルの家族にはその条件が十分に整ってはいない。母親の位置にいるはずのエルザはまだ二九歳で、レイモンの愛人という立場に特に不満を感じていないし、セシルもまた、父のこの若い愛人と良好な関係を維持しているからである。セシルが「奇妙な三人家族」と表現する理由は明らかにその辺りにあるだろう。

そして、この物語の家族には最初から決定的なものが欠け落ちている。セシルの実母である。語り手によれば、実母は既に一五年前に亡くなっている。まだ二〇代の死だったであろう。セシルは、誕生後僅《わず》か二年ほどで、母親と死別したことになる。こうした状況は特に珍しいものではないのかもしれない。しかしながら、そこには払拭できない違和感、そして不穏な空気のようなものが最後まで漂っている。

まだ幼かったセシルには、母親に関する思い出や記憶はほとんど残っていなかったのかもしれない。だが、不思議なのは、この死亡した実母に関する描写や説明が、テクストからほぼ完全に排除されていることである。死亡原因はいったい何だったのか。端役的な存在も含め、ほぼすべての登場人物には名前が与えられているのに、彼女は何故、最後まで無名のまま留まるのか。そして、もっとも不自然と思われるのは、父親レイモンが亡き前妻について一切口にしないことである。彼は確かに、半年ごとに相手を替えるほどの女性好きである。とはいえ、セシルの実母について彼が一度も話題にすることがないのは、物語の視点がセシルにあることを考慮してもなお不自然ではないだろうか。常に陽気で拘《こだわ》りのない自由奔放な人柄が、単にそうさせているだけなのか。テクストをどれだけ丹念に読んでも、これらの疑問について正確な答えを見出すことは、たぶん困難であろう。物語の表舞台に一度も姿を見せることなく、かつて存在したことだけが触れられる一人の女性。生前の彼女は夫レイモン、娘セシルとともに、少しも奇妙ではない家族生活を送っていたに違いない。放蕩《ほうとう》者と呼んでもいいようなレイモンの傍らで、娘や一家を支える影のような存在として。しかし、その彼女について読者が知りうる情報は皆無に近い。彼女ははたして、いかなる人物だったのだろうか。

かなり単純化した言い方をするなら、『悲しみよこんにちは』は、二人の女性間で繰り広げられる両義的な心の確執＝葛藤をめぐる物語である。レイモンとセシルの自己充足的な「共同体」とでも称すべき空間に、ある日突然、一人の女性が介在してくる。アンヌ（Anne）である。物語の大筋は、このアンヌとセシルの間に生じる対立と揺動に満ちたドラマによって織り成される。そこには、その他の登場人物たちが、すべて脇役に見えてしまうほどの凄まじさがある。フランソワーズ・サガンが一八歳で書き上げたこの渾身の一作は、歳の離れた二人の女性の複雑な駆け引きと心の動きを執拗かつ細心に辿《たど》り直す、まさに女性対女性の物語なのだ。

このアンヌという女性は、そもそもどのような素性の人物だったのだろうか。彼女をセシルのもとに遣わすことになった切っ掛けとは、いったい何だったのか。それに関しては、物語の冒頭付近で明瞭に説明されている。セシルは二年前、何年か寄宿していた学校を離れ、レイモンのもとに帰ってきた。だが、どうしてよいか分からないレイモンは、彼女をすかさずアンヌに託すことになったのだ。そのときの感慨と状況は、次のように綴られている。テクストに母（mère）という単語が現われる数少ない場面である。

私には決して思いつかないことだったろう。アンヌ・ラルサン（Larsen）は亡くなった母の旧友で、父とはほんの少しの繋がりしかなかった。(15)

## 1 不在の母親

つまり、物語の発端は、すべて「亡くなった母」の存在にあったのだ。レイモンが「ほんの少しの繋がり」しかなかった母の「旧友」を思い出してさえいなければ、ここで語られる夏の悲劇は決して生じようがなかったからである。つまり、偶然とはいえ、アンヌをレイモンとセシルの家族に引き寄せたのは、名もなき実母とアンヌの——おそらく友好的だったに違いない——関わりだったのだ。運命的というべきか、悲劇的というべきか。二年前、レイモンからセシルの世話を託された瞬間から、アンヌは既に、父娘二人だけの「共同体」に引き込まれ、空白だった「母親」の立場＝役割を引き受けざるを得ない定めにあったのだ。この物語を始動・展開させるのに決定的な役割を果たしたのが、一五年前に亡くなった実母の存在であることは明らかだろう。アンヌをセシルのもとに遣わしたのは、死を前にした、この名もなき母の「心願」のようなものだったのか。いずれにせよ、彼女が「物語の不可視な中心」とでもいうべき位置に立つ人物であることだけは間違いないだろう。

アンヌがレイモンとセシルの「共同体」に加わるということは、当然のことながら、「奇妙な三人家族」の体制に変化が生じ、新たな関係が生じる可能性を予感させる。つまり、アンヌが空白だった実母の位置を占め、家族の「再生」が実現するかもしれないということだ。問題はアンヌとセシルの関係だが、それはどうやら心配ないように思われる。アンヌがやってくると告げられたとき、セシルは自身の気持ちを次のように述べているからだ。

一週間で、彼女は私に趣味のよい服を買い与え、生活の術を教えてくれた。私は彼女に熱烈な称賛の気持ちを抱いていたが、彼女はそれを巧みに、自身の周りにいた一人の青年に向けさせようとした。つまり、私に初めておしゃれをさせてくれたのも、恋のときめきを教えてくれたのも彼女だったのであり、私はそれにとても感謝していた。(15-16)

アンヌとレイモン、セシルの二人は「母の思い出」(16)によってどうにか結ばれていたし、この方向で物語が展開すれば、新たな家族は、何の問題もなく誕生するに違いなかった。父は既にアンヌを娘の「第二の母親」(37)と考えていたし、アンヌがセシルにレイモンとの結婚話を打ち明けたときから(55)、健全な「三人家族」のイメージが、止めようもなくテクストに溢れ、周囲の人たちも彼らを「仲の良い、普通の家族」(58)と見なすようになったからである。レイモンにとって、アンヌは最後まで「私〔セシル〕の理想の母」(135)だった。あるときは、海辺でセシルを真ん中に一緒に腹這いになり、静かで穏やかな時を過ごしたりもした(94)。たとえ悲劇の源になる計画を練り上げた後でも、セシルの脳裏にはこうした穏やかな家族光景が不意に立ち現われる。

毎週日曜日には、仲の良い夫婦となったアンヌと父、そしてシリル(Cyril)のお母さんとも一緒に、食事に出かけることになるだろう。それは、いかにも〔家族の〕食事会といった雰囲気になるだろう。(93)

二歳のときに死別した母、そしてその母の役割を引き受けるかのように、レイモンとセシルの生活に加わり、レイモンの夫、そしてセシルの母になろうとするアンヌ。セシルがアンヌに委ねられていた頃の完璧な状況を考えるなら、そうした彼女の行動には、いかなる問題も芽生えそうにないように思われる。新たな家族の誕生は、今直ぐにでも訪れそうな気さえするのだ。

しかしながら、この物語は決して予想どおりには進まない。結局は、亡き実母の不在を補うことはできないのだ。旧友という以上、アンヌと心通じる——つまり、彼女と同じような女性と想像される——はずだった実母が亡くなり、その後、その空白の場に身を置こうとしたアンヌもまた生命を失う。ここに語られるのは、「原母」ともいうべき実母と、「代母」ともいうべき女性アンヌが連続的に失われる物語なのだ。フロイト（Sigmund Freud, 1856-1939）のいう「エディプス・コンプレックス」の心的機制にならって、「父親殺し」ならぬ「母親殺し」の物語と称しても、過言ではないかもしれない。物語は結局、平穏な家族の光景を演出することなく、またあの出発点だった「奇妙な三人家族」――レイモンと愛人とセシル――という様態に立ち戻ることになるだろう。結局、父娘はまた、以前と少しも変わることなく、二人の「共同体」に再帰していくのだ。

そしてある日、私は女友だちの家で、彼女の従兄弟の一人と出会った。私は彼を気に入ったし、彼も私を気に入った。私は一週間の間、恋愛が始まるときの浮かれた気分で頻繁に彼と外出したし、孤独に向いていない父もまた私と同じように、かなり野心的な一人の女性と外出するようになった。まるで予測されていたみたいに、また以前のような生活が始まった。父と私は、顔を合わせると一緒に笑い、手に入れた相手の話をする。〔……〕でも、私たちは幸せだ。冬も終わりに近づいている。私たちはもう、あの同じ別荘ではなく、ジュアン＝レ＝パンの近くにある違う別荘を借りることになるだろう。（153-154）

新たな母となるべきアンヌを迎え、三人は幸福な家族形成へと一歩一歩順調に歩みを進めていくかと思われた。だが、その歩みは瞬く間に内部から突き崩され、思いもよらぬ悲惨な結末を迎えることになる。亡き母と「第二の母」の友好的な結びつきを機縁に始まったはずのこの物語は、家族崩壊というまったく逆の状況に読者を導くことになるのだ。それも運命というなら、確かにそのとおりかもしれない。だが、どのように考えようと、アンヌの死に対するレイモンとセシル親子の対応や心情は、容易に納得できるものではない。アンヌの死からそれほど経っていないにもかかわらず、彼女の存在などすっかり忘れたかのように、それぞれ新たな愛人・ボーイフレンドを見つけ、「浮かれた気分」で外出を繰り返しているからだ。もっとも理解し難いと思えるのは、翌年の夏に借りる予定の別荘に期待を膨らませながら、「私たちは幸せだ」と言い放つセシルの心情かもしれない。こうした悲劇的な出来事は何故生じてしまったのか。そこには父と娘の関係、思春期という時期にあったセシルの一筋縄ではいかない心の動きなどが深く関与している。そのあたりの事情について、確認してみることにしよう。

# 2

# 「大きな子ども」、そして「何よりも可愛く、素晴らしい玩具」

実母亡きあと、セシルの身内はずっと父レイモン一人だった。しかし、そうした状況を彼女は少しも不幸と思わず生きてきた。むしろ、快適さを感じていたという方が的確であろう。母との死別はまだ二歳の頃。その時期については、彼女にはほとんど記憶がないに違いない。テクストには「私たち〔父娘とアンヌ〕を結びつけていたのは、〔……〕母の思い出と私の努力だけだった」（16）とあるが、そうした思い出に関係していたのはもっぱら父とアンヌであり、セシルが直接そこに立ち入ることはできなかったであろう。既に述べたように、物語では実母に関わる情報はほとんど与えられていないし、父とアンヌが彼女に関して何かを口にするという場面も見当たらない。アンヌが登場するまで、この父娘は二人だけの自足した世界で、強固な「共同体」を築くようにして生きてきたのだ。そして、その状況は結局、アンヌの死を経て、物語が終結するまで崩れることはないだろう。

　父レイモンと娘セシルを象徴的に名指す表現がある。父の方は「大きな子ども（un grand enfant）」（81）、一方、娘の方は「何よりも可愛く、素晴らしい玩具（le plus cher, le plus merveilleux des jouets）」（27）。無論、いずれも語り手セシルによる表現だ。四〇歳の父親、そして一七歳の娘を説明するものにしては、明らかに子どもじみているかもしれない。だが、ここに登場する父娘は、まさにこうした表現どおりの毎日を過ご

## 2 「大きな子ども」、そして「何よりも可愛く、素晴らしい玩具」

しているのだ。「素晴らしい」と訳出した形容詞 "merveilleux" に「途方もない」という意味があることも考え合わせるなら、この二つの表現が的確に、物語の基盤に横たわる父娘の意識と行動を描出していることが分かるだろう。つまりそれは、可愛く、素晴らしい／途方もない玩具（娘）を与えられた子ども（父親）が、その玩具に自由に振り回された挙句、不幸な事件に直面するという物語に他ならないのだ。

父と娘の協調一体的な描写は、テクストのリズムを調《ととの》えるかのように、随所に散りばめられている。第一部・第一章と第二部・第一章から、それぞれ一つずつ例を引いておこう。

> 私は何の問題もなく、優しく彼〔父〕を愛していた〔……〕これ以上の素晴らしい友だち、気晴らしになる友だちは他に考えられない。（12）

> 父は途中で私の手を取り、離さないでいてくれた。頑丈で、元気を与える手だった。初めて恋の悲しみを味わったときには、その手が私の洟《はな》を拭いてくれた。心の落ち着きや、この上ない幸福を感じたときも、その手が私の手を握ってくれた。一緒にした企みや馬鹿笑いの際には、その手が私の手をそっと握り締めてくれた。〔……〕私は、とても強く父の手を握った。父は私の方を振り向いて、にっこり微笑んだ。（76）

たとえ一体化している父娘であろうと、ときには対立感情が生じることはある。しかしながら、それらはすべて、二人の世界に立ち入ったアンヌへの苛立ちが原因なのだ。アンヌが突然二人の世界に介入したため、父の関心は瞬《また》く間《たた》にエルザから彼女へと移行する。セシルは当然のごとく、そうした父親の変貌に厳しく反応する（「私は突然、父に強い怒りを感じた。それは信じ難い非礼だった」〔49〕／「私は怒りに震えていた。もはや言葉もなかった」〔50〕／「私の気持ちは激高の限界に達していた」〔50〕／「その瞬間、私はアンヌと父を激しく憎んでいた」〔52〕）。怒りの対象として名指されてはいるが、セシルが真に嫌悪しているのは父ではない。娘は父が無類の女性好きであることだけでなく、「半年ごとに相手を替える」（11-12）ような人物であることを承知しているからである。エルザへの同情という理由を盾に、セシルが憎悪を抱き続けるのは、いうまでもなく、父娘の「共同体」に侵入してしまったアンヌなのだ。

私は、厳しく荒々しい様子で彼〔父〕を見つめた。〔……〕父もまた、突然不安になったように、私を見つめた。これはもはや演技などではなく、二人の相互協調（entente）が危険状態に陥っていることを理解したのだろう。（66-67）

こうして物語の第一部は、「私〔セシル〕が上演していた、もはや止めることができない、この悲劇（drame）のようなもの」（67）の開幕を告げることで、その役割を終えることになる。そして、その瞬間、同情される者の役割はエルザからアンヌへと密かに引き渡されることになるだろう（「私が同情していたのは既にアンヌだったのだ。まるで、自分が彼女に勝つことを確信していたかのように」〔67〕）。

## 2 「大きな子ども」、そして「何よりも可愛く、素晴らしい玩具」

父親と娘の密接強固な関係は、何があっても最後まで揺らぐことはない。それは、テクストに現われる続けるさまざまな表現からも、明確に窺うことができる。先ずは二人の関係を象徴すると思われる「共犯者（complice）」という言葉（「僕〔レイモン〕の可愛い共犯者」〔……〕「お前がいなかったら、僕はどうなるだろう？」〔17〕／「父は〔……〕将来の些細な過ちに対する共犯者を失おうとしていた」〔109〕）。そして、父との類似性・相同性を強調する表現（「〔……〕私は彼の目、彼の口をしていて、彼にとって何よりも可愛く、素晴らしい玩具になろうとしていた」〔26-27〕／「彼〔レイモン〕は、私と同じ羨望を感じたに違いなかった」〔112〕）。そして何より、シリルとの交際も含め、娘の自由奔放な行動を寛大に許容してくれる、御しやすく素敵な父親像（「パパは、私が知っている一番ハンサムな男性〔……〕お前も僕が知っている一番きれいな女の子」〔45-46〕／「彼〔レイモン〕の考えをリードするのは、私にとって何と容易《たやす》いことだったろう」〔112〕)。

この物語では、二人の強い絆を強調するように、「父と私(mon père et moi)」という表現が度々《たびたび》使用されている(12,19,132等)。それは確かに、セシル自身が皮肉めいた言い方で言及する「近親相姦的な愛(un amour incestueux)」(66)を思わせるかもしれない。セシルが自身の結婚について口にしたとき、レイモンは狼狽したような表情を示すし、セシルもまた、父と離れて暮らすことに大きな抵抗を感じているからだ(「こうした考えは、父にとってと同じく、私にとっても耐え難いものだった」〔108〕)。だが、それは「近親相姦的な愛」といったものとは、ほとんど無縁であろう。レイモンはアンヌと違い、セシルとシリルの交際を心から喜んでいたし、アンヌの死後、セシルに新しい相手ができたときも、そのことを進んで話題にしたからである。父レイモンは「近親相姦的な愛」の対象などではなく、セシルが強固な「共同体」を維持していく上で、決して欠かすことのできない存在なのだ。まさに、「考えをリードする」のが「容易《たやす》い」、理想的な「共犯者」だったといえるだろう。こうした父子一体型の「共同体」は、今後もおそらく、ずっと揺らぐことはないだろう。セシルの予測する二五年後の未来図には、そうした様子が生き生きと描き出されている。

〔……〕二五年ほどすれば、私の父は、白髪で、ウィスキーと華やかな思い出がちょっと好きな、感じのよい六〇代になるだろう。私たちは一緒に出かけるだろう。私が彼に分別のない自分の行動について話すと、彼がそれに助言を与えてくれるだろう。私はこの未来図からアンヌを排除していることに気づいた。私はそこに彼女を入れることができなかった。どうしても、できなかったのだ。(132)

父親については既に十分述べているにもかかわらず、第二部・第九章は「〔……〕父のことは、ほとんど話していない」(133)という言い方で始まり、彼に関する説明をさらに詳しく推し進めている。まさに、父親のために設《しつら》えた、特別な一章といえるだろう。セシルにとって、父親レイモンは、それほど重要な存在なのである。

## 2 「大きな子ども」、そして「何よりも可愛く、素晴らしい玩具」

私は〔……〕父のことは、ほとんど話していない。それは、父がこの物語においてもっとも重要な役割を演じていないからでも、私が父に興味を持っていないからでもない。私には、彼ほど愛した人は一人もいなかったし、あの頃の私を生き生きとさせていたすべての感情のなかでも、彼に対する感情はもっとも安定していて、奥深いものであった。私はそうした感情をもっとも大切にしていた。私は、そうしたことを進んで口にするには、父のことをあまりに知りすぎていたし、近すぎる存在だと感じていたのだ。〔133〕

レイモンも娘のセシルをこよなく愛していた。確かに「つける薬がないほどの」〔133〕女性好きではあったが、自らの色恋沙汰のために、娘を二の次にするような真似は決してしなかった。そして、両者の親近性や相同性＝一体性は、ここでもまた繰り返し強調されている（「父は実利主義者だったが、繊細で、思いやりがあり、要するにとてもいい人だった」〔134〕／「父は私と同様、きっとシリルやアンヌの目には、心情的に異常と見えていただろう」〔134〕／「〔……〕父が真に傷つけられたり、蝕《むしば》まれたりするのは、私がそうであったように、習慣や期待されていることによってでしかなかった。父と私は同じ種族の人間だったのだ」〔135〕／「私たちの人生観（notre conception de la vie）」〔137〕／「彼女〔アンヌ〕が何としても自分が正しいと思いたいのであれば、私たちは間違ったままにしておいてくれなければならなかったのだ」〔137〕）。

こうした「人生観」に支えられた父娘の「共同体」は、その後も瓦解することなく維持されていく。誰も、それに異を唱えたり、介入したりすることはできないからだ。アンヌの悲劇が生じても、状況に変化が生じ

## 2●「大きな子ども」、そして「何よりも可愛く、素晴らしい玩具」

ることはない。父娘の自己充足的な一体関係は、ますますその強度を増していくだろう（「私たちはここを去り、この家、この青年〔シリル〕、この夏に、別れを告げようとしていた。父は私と一緒だった。今度は父が私の手を取り、私たちは家の中に入った」（151））。最終章には、セシルが自分たちの不幸、そして悲しみの気持ちを表明する場面がある（「帰るときの車の中で、父は私の手を取り、握り締めた。私は思った。パパにはもう私しかいないし、私にもうパパしかいない。私たちは二人っきりで、不幸なのだ。そして私は初めて泣いた」（152））。だが、そこには予想外とも思える感慨が添えられている。「それはかなり心地よい涙だった」（152-153）。彼女のこの気持ちは、既に引用した一言、つまり、最終場面における「でも、私たちは幸せだ」（154）という一言と密かに呼応し合っている。彼女の気持ちは既に、アンヌと過ごした夏の別荘を離れ、次に父と過ごす予定の違う別荘に向けられているのだ。

# 3

# 「家族の知性」

## ――「教育」に関する対立姿勢

レイモンとセシルに愛人エルザを加えた三人家族。この家族にアンヌが介在してこなければ、彼ら三人は「仲の良い、普通の家族」のままでいられたのかもしれない。つまり、彼らには、「奇妙な三人家族」のまま、楽しい生活を維持していける可能性があったのだ。では何故、こうした関係は脆《もろ》くも崩れ去ることになったのか。そこには先ず、母の死後、その位置を占めてきた愛人たちの状況や性格が深く関与している。

アンヌが海辺の別荘にやってきたとき、父レイモンの愛人だったのは、当時二九歳のエルザだった。彼女の生業《なりわい》や人柄については、物語の冒頭付近で次のように説明されている。

〔……〕それにエルザなら、私たちをうんざりさせることもなかっただろう。赤毛で背の高い彼女は、いかがわしいとも社交的ともいえる人物で、シャン＝ゼリゼのスタジオやバーに、端役の女優として出入りしていた。優しく、かなり単純で、御大層な野心も抱いてはいなかった。(12)

さらに付け加えるなら、彼女には、遊び人であるレイモンに結婚話を持ち出すような様子もなかった(「たぶん、彼女は彼に対し家庭(foyer)の話などはしなかった。だが、少なくとも、彼を退屈させはしなかった。〔結婚〕しようとはしていなかった……」〔81〕)。つまり、彼女は気儘《きまま》な放蕩者のようなに彼にとって、この上なく都合の良い女性だったのだ。

しかし、そこにやってきたアンヌは、エルザとはまったく異質の存在だった。セシルの表現を借りるなら、両者はまさに「アンチテーゼ(antithèse)」ともいうべき立場にあったのだ(「それ〔アンヌの静けさ〕は、エルザの絶え間ない囀《さえず》りとアンチテーゼのようなものを作り出していた。まるで、太陽と影のように」〔38〕)。常識的に考えるなら、美人で知的なアンヌは、安定した家庭を築き上げていくのにもっとも適した女性であったろう。レイモンが彼女をセシルの「第二の母親」と考えたとしても、それは極めて当然だったと思われる。

だが、物語はなかなか思い通りには進まない。原因は無論、セシルにある。それは、アンヌが別荘に来ると知らされたときの、セシルの微妙な反応と言明によって、最初から明確に予示されている。

「君たちに知らせなければならないんだが、お客様が来るんだ」と彼〔レイモン〕が言った。
私はがっかりして目を閉じた。私たちはあまりにも平穏だった。それは長続きし得ないことだったのだ!
「誰なの、早く言って」と、エルザが叫んだ〔……〕
「アンヌ・ラルサンだ」と父が言った。そして彼は私の方を向いた。

私は父を見つめた。驚きのあまり、どう応じてよいか分からなかった。(15)

アンヌは、この父娘が再び一緒に暮らすようになるまで、ずっとセシルの面倒を見てきた。彼女は、身の回りのことや生活の仕方などを親切に教えてくれた、まさに恩人とも称すべき人物なのだ。当然ながら、セシルは彼女に対し「熱烈な称賛の気持ちを抱いていた」し、「とても感謝していた」。だが、また父親との生活に戻ったセシルは、彼の放逸な生活に慣れ親しむようになった。そして、レイモンとセシルの、まさに自己充足的な「共同体」での暮らしを、この上なく快適と感じるようになったのだ。レイモンがどう考えようと、アンヌがこの「共同体」に馴染《なじ》み、その一員となることは不可能だったろう。アンヌから父との結婚を告げられる以前から、セシルが彼女の登場に危機感を覚えていたのも、何ら不思議ではない。彼女は、世話になっていた時期から既に、アンヌがどのようなタイプの女性かを知り尽くしていたに違いないからである。

四二歳のアンヌは容姿も挙措も秀でていて、一家を司《つかさど》る女性としては、たぶん申し分なかったであろう。だが、彼女には、この父娘の生活パターンと抵触する致命的な要素が備わっていた。シリルはそれに関し、次のように述べている。

この冷淡さ（indifférence）だけが、彼女を非難できる唯一の欠点だった。愛想がいいが、上の空。揺るぎない意志と、人を威圧するような静けさが、彼女のあらゆるところに現われていた。〔……〕それに、私たちには、同じような知り合いはいなかった。アンヌが交際していたのは、上品で、知的で、慎み深い人たち。そして、私たちが付き合っていたのは騒がしいお酒飲みたちで、父は彼らに美しさや面白さだけを求めていた。彼女はあらゆる行きすぎを軽蔑するように、気晴らしや、くだらない物事に現《うつつ》を抜かす父と私を、少し軽蔑していたのではないかと思う。(16)

つまり、アンヌとこの父娘は、もともと住む世界が違っていたのだ。アンヌの友人だった亡き母も、おそらく彼女側の人だったに違いない。彼女こそがまさに、この物語を始動させた存在だったとさえ考えられるのに、テクストには一切登場しないし、名前さえ与えられていないからだ。彼女は、アンヌと父娘の「思い出」のなかで、まさに「不在＝非在」の存在のまま、陰に追い遣られるしかないのだ。

既に述べたように、アンヌが別荘に来るまで、父娘の生活が「あまりにも平穏だった」のは、そのとき父と暮らしていたエルザが、アンヌの対極に位置するような女性だったからに他ならない。つまり、あくまでも知性的な人物であるアンヌに対し、エルザは「少し馬鹿な人たち」

（139）の仲間だったということだ。
どこの国でも同じだろうが、「知性的」と形容される人々は、「馬鹿な」と形容される人々を社会的にリードするだけでなく、さまざまな身分関係や位階制度を築き上げ、彼らを積極的に支配しようとする。この「知性的」なるものを人々に保証し、授与すると考えられているもの。それがまさに、「教育」だ。当時のフランスにおいても、事情は同じだったろう。社会の上層部に加わり、豊かな暮らしを手にするには、教育が必要不可欠と考えられたのだ。教育への姿勢は家族という場で形成され、両親と子どもたちの間で培《つちか》われていく。両親が熱心で、子どもたちに才能があるなら、教育というシステムが効率的に機能する可能性は高まるだろう。だが、両者の間に反目や意識の違いなどがある場合、そこにさまざまな問題が派生するのは目に見えている。

では、レイモンとセシルの親子はどうなのか。彼らからは、教育に寄せる熱い思いといったものは微塵も感じ取ることができない。この「奇妙な三人家族」――レイモン、セシル、エルザ――は、むしろそれを忌避《きひ》するかのように毎日を過ごしている。彼らにとっては、教育などまるで無益も同然なのだ。

しかし、教育的な雰囲気とは無縁の父娘の「共同体」にアンヌが介在した瞬間、「勉強」、「試験」、「バカロレア（大学入学資格試験）」といった

## 3 「家族の知性」

教育にまつわる言葉が、セシルの身に頻繁に押し寄せてくる。それは明らかに、セシルがもっとも懸念していたことのひとつだった(「とにかく、エルザがいることと、教育に対するアンヌの意見を考えると、〔アンヌの〕この突然の来訪は、思いもよらない不都合と思われた」〔16〕)。こうした状況にいきなり直面させられた娘は、父親を次のような言葉で非難する。

「パパは、アンヌの興味を引くようなタイプの男ではないわ」と私は言った。「彼女はあまりに理知的すぎるし、体面を重んじすぎる。それにエルザは? エルザのことは考えたの? アンヌとエルザの会話を想像できる? 私にはできない!」

「それは考えなかったな」と父は認めた。「それは、確かにぞっとする。セシル、パリに帰ってしまおうか?」(17)

一七歳のセシルは、教育的に重要な問題を抱えていた。そして、アンヌが父娘の所にやってきたら、真っ先にその点を追及してくることは分かっていた(「〔……〕彼女が私に話すのは、私がしくじった試験のことばかりだろう!」〔24〕)。「私はおそらく、十分に本を読んでいなかった」(27)と述懐するセシルは、「〔……〕私は大学で勉強するよりも、太陽の下で男の子とキスする才能に恵まれていた」（92）と主張するような娘なのだ。
もちろんただそれだけで、彼女を知的でないと決めつけるのは無理だが、母亡き後、父レイモンとの生活において、勉学や教育に対する意識が、彼女の内で次第に希薄化されていったことはほぼ間違いないだろう。勉学に関する意識の対立は、セシルに対するアンヌの何気ない質問によって表面化する。

「セシル、ここではどうしてそんなに早起きなの？　パリにいたときは、正午まで寝ていたのに」
「勉強があったから、それで起き上がれなかったの」と私は言った。（34）

セシルの返答からは、アンヌと一緒だった頃の彼女の生活を、ぼんやりと窺《うかが》うことができる。その頃の彼女は、アンヌの存在もあり、夜遅くまで勉強――あるいは、勉強のふり――をしなくてはならないことも、多々あったのだろう。ここには、勉学に対する――そして、ひょっとしたら、アンヌにまで波及する――憤怒の意が表明されているように見える。自分が父との生活において健康で早起きでいられるのは、勉学の必要がないからだ、と言わんばかりなのだ。いったん火がついてしまったやり取りは、もう止めることができない。この後、アンヌがすかさず口にする

「試験」という言葉が、ますます二人の対立と苛立ちを募《つの》らせていく。

「ところで、あなたの試験は？」

「失敗しちゃった！」と、私は快活に言った。「見事に失敗しちゃった！」

「一〇月には受からなくては、絶対に」

〔……〕

「彼女は勉強しなくてはね、この夏休みは」。アンヌはそう言うと、この話題を終いにしようとして、目を閉じた。

〔……〕

「アンヌ、私にそんなことさせないよね。この暑い最中に勉強なんて……私を元気にしてくれるこの夏休みに……」

〔……〕

「〈そんなこと〉をさせなくてはならないでしょうね……あなたが言うように、この熱い最中でも。私に不満を感じるのも、せいぜい二日。〔……〕それで試験に合格するわ」

「物事には、どうしても慣れることができないものだってあるでしょう」と、私は笑わずに言った。（34-35）

注目すべきは、このときその場にいた父レイモンの反応だ。セシルとの

「共同体」に住まい、彼女の「共犯者」とまでいわれている彼は、事もな
げに、セシルの言い分に加担するのだ。
「どうして？」と、父が口をはさんだ。「僕は免状なんて、一度も貰《もら》ったこ
とないけどな。でも、こうして豪勢な生活をしている」
「……」
「僕の娘ならいつだって、食わせてくれる男たちを見つけられるさ」と、父
は堂々と言い放った。(34)

しかし、こうした父の姿勢は、アンヌが介入してきたことで、すんなり
と反転する。彼女の性格や教育方針に従おうとする彼は、いつの間にか
「「……」自由奔放な生活を陽気に葬り去り、秩序を、品のある、きちん
としたブルジョワ生活を誉めそやしていた」(58) からである。勉学な
ど必要ないかのように言い張っていたレイモンも、その大切さを主張し
続けるアンヌの言葉(「「……」彼女は「……」少し、哲学の勉強をした方
がいいと思うわ」(62)) に同調するしかない(「たぶん君「アンヌ」の言
うとおりだ。「……」うん、とにかく少しは勉強しなくてはならないだろ
うな、セシル。また哲学の試験をやり直したくはないだろう？」(63))。
こうした、裏切りともいえる言葉が、娘にとってどれほど衝撃的だった

かは、想像するまでもないだろう。「それが、私にとってどうだって言うの？」（63）という簡潔な彼女の応答のなかに、その心情は凝縮されている。

父とアンヌには、セシルを心配しているかに見える様子もある。しかし、それは明らかに皮肉的だったり、冗談めかしていたりする。「顔色が悪いわね。あなたに勉強させるのは、よくないことかしら」（67）というアンヌの言い方には、明らかに当てつけの調子が滲《にじ》み出ているし、父の発するおどけた言葉には、娘をからかうような姿勢がふんだんに現われている（「アンヌ、このやせっぽちを見にきてごらん。まったくのガリガリだよ。これが勉強のせいなら、やめないといけないな」〔74〕）。だが、こうした二人の発言は、次のアンヌの呟きによって、直ちにまた原点に引き戻される（「彼女〔セシル〕に勉強が合わないのは確かね。まあ、部屋をぐるぐる歩き回るかわりに、本当に勉強してくれればいいんだけど」〔74〕）。二人の衝突は、その後も途絶えることなく生じ続ける。まるで、見慣れた日常茶飯事であるかのように。

「私のセシル、努力しなさい」と、アンヌが言った。「少し勉強して、たくさん食べなさい。この試験は重要なのよ……」

「私には、試験なんてどうだっていいの」と、私は叫んだ。「分かった？

どうだっていいの！」（75）

対立がここまで高じてくると、それはいつしか、互いに譲れないゲーム（jeu）のような様相を呈してくる。つまり、激しい心理戦のようなものへと発展するのだ。そうした状況は無益な闘争にも見えれば、活気ある遊戯にも見える。ときには一歩退き、相手の懐《ふところ》を探ろうとする場面さえある。だが、それはあくまでも相手を誑《たぶら》かし、裏をかくための戦略に他ならない。


すべては元どおりになるだろう。そして、私は試験に合格するだろう！　間違いなく役に立つだろう、バカロレアは。

「そうでしょう？」

私はアンヌに語りかけていた。

「役に立つでしょう、バカロレアは？」

彼女は私を見て、大笑いした。これほど陽気な彼女を目にして、私も同じように大笑いした。（83）

孤独のなかでの、たっぷり二時間の勉強、インクと紙の匂い、一〇月の試験の成功、仰天した父の笑い、アンヌの称賛、免状。私はアンヌのように、知的で、

教養のある、ちょっと超然とした感じの人になるだろう。(85)

ある晩、自身の体調回復を祝う食事の席で大いに飲み、浮かれ気分になったセシルは、心にもないことを父とアンヌに向かってぶちまける。父は陽気に反応した。だが、アンヌの対応は微妙で、どこか冷めていた。

私は父に、文学部の学士課程に進み、学識豊かな人たちと付き合って、有名で、周りをうんざりさせるような人になりたいと思う、と説明した。〔……〕私たち〔父と私〕は、突拍子もないアイデアを出し合って、大笑いしていた。アンヌも笑っていたが、控えめで、大目に見ているといった感じだった。ときには、まったく笑わないこともあった。(87)

その後セシルは、勉強しているフリをし、アンヌの視線をかわそうとする。午後は勉強すると言って部屋に引き上げるが、実は「何もしていなかった」(98)のだ。当初、作戦はうまくいっているように思われた(「彼女には実際、必死に勉強していると伝えていた。〔……〕失恋した女が、いつか立派な学士になる希望を抱きながら、痛手を癒しているというお芝居を、ちょっと彼女と演じていた。彼女も、私を評価しているという印象だった〔……〕」(98))。

付言するなら、この一節の終わりには、父レイモンに関わる滑稽な一コマが、ちゃっかりと添えられている。「食卓でカント〔Immanuel Kant, 1724-1804〕を引用したら、父は明らかにがっかりした様子だった」(98)。やはり、レイモンはどう転んでも、「教育」や「勉強」とは無縁な人なのだ。

アンヌとセシルの間で勃発した「勉強」をめぐる諍《いさか》いは、結局、最後まで沈静化されることはない。そしてそれは、アンヌがもう一人の偉大な哲学者に言及したことで、危機的ともいえる状況を招来する。もう一人の哲学者。それは、バカロレアではまさに常連ともいうべきパスカル〔Blaise Pascal, 1623-1662〕に他ならない。ある日の午後、セシルの部屋にやってきたアンヌは、探りを入れるかのように呟く。「〔……〕あなたがあんなに話していた、パスカルに関する例の小論文、あれはどうなったの?」(99)。もちろん、セシルは一文字も書いていなかった。それを察したアンヌは、当然のように、声を荒げる。

「勉強しないのも、鏡の前でぎこちなく歩き回るのも、あなたの勝手!」と、彼女は言った。「でも、お父様や私に嘘をついて喜んでいるとしたら、よけいに不愉快だわ。確かに、あなたが急に知的なことをしたのには驚かされたけど」

## 3　「家族の知性」

（99-100）

セシルは勉強しているフリをしていただけで、実はパスカルのことなど、少しも考えてはいなかった。つまり、アンヌの叱責《しっせき》を、素直に受け止めてもよかったのだ。だが、アンヌが口にした「嘘」という一言が、セシルのなかに説明のつかない「怒り」のようなもの引き起こしてしまう。それまでのアンヌとの心理戦には、どこか遊戯的な雰囲気さえ感じられた。だが、この場面を境に、そうした雰囲気は一気に消散する。

〔……〕彼女が何故それを「嘘」と呼ぶのか、私には理解できなかった。彼女を喜ばせようと小論文の話をしたのに、彼女が突如、私を軽蔑で圧倒したのだ。〔……〕外は焼けるような暑さだったが、私は怒りのようなものに駆られて走り出した。私には恥じていないという確信がなかったため、怒りはいっそう激しかった。（100）

それから数日後、両者はまた勉強のことで激しく反目し合う。アンヌはもはや、じっとしていなかった。言い争いは三人――アンヌ、レイモン、セシル――が揃った食卓で始まり、かなり深刻な様子に陥った。そしてセシルは、そのとき初めて、自身のなかに「残忍さ（cruauté）」という情念が芽生えたことを意識するのだ。言うまでもなく、その後の彼女の「計画」を始動させることになる感情である。

何日か後の夕食のとき、またしても夏休みの宿題という我慢ならない話で、口論が生じた。私は多少横柄な口答えになり、父も腹を立てた。そして最後には、アンヌが私を部屋に閉じ込め、鍵をかけてしまった〔……〕
〔……〕
それは残忍さとの、最初の出会いだった。残忍さが私のなかに兆《きざ》し、考えるにつれて激しくなっていくのを感じていた。私はベッドに横になり、念入りに計画を立てた。(106-107)

アンヌの表現を借用するなら、彼女が遂行しようとしていた「家族の知性に関する調査(enquête sur l'intellect de la famille)」(131)は結局、セシルの理解や同意を得られぬまま、徐々に停止していく。どれほどアンヌの知性を傾注したところで、父娘の「共同体」に勉学や教育の精神を持ち込むことは不可能だったのだ。

ついでに指摘しておくなら、この物語の結末付近には、明らかに「勉学」を仄《ほの》めかす皮肉なエピソードが織り込まれている。セシルが仕組んだ計画で深く傷つき、車で別荘を去ったアンヌに対し、父娘が思いついたのは、彼女に手紙を書くことだったのだ。目的は、アンヌに謝罪の意を示し、彼女がまた戻ってくるようにするためだった。

私たちは二人、ランプのもと、勤勉で不器用な小学生のように、黙って、その非常に困難な宿題（ce devoir impossible）に取り組んだ。〈アンヌを取り戻す〉という宿題に。（148）

彼らにとって、それはおそらく、勉学的行為と真剣に関わる最初で最後の経験だったろう。そしてそれは、「勤勉で不器用な小学生」が取り組む、まさに学校の「宿題」のようなものだった。訳、優しさと後悔に満ちた、同じような二つの傑作」（148）を書き上げる。アンヌがやってきてからの彼らは、結局、最後の最後まで、「勉学」の問題とかかずらう運命にあったのだ。

アンヌの車が崖で事故を起こし、五〇メール下に転落したという知らせが入ったのは、その直後のことだった（「彼女が事故を起こした〔……〕」〔149〕）。彼女は無論、死亡していた。

病院から別荘に戻ったとき、二人が苦労して書き上げたアンヌ宛の手紙は、まだテーブルの上に広げられていた。セシルが手で押しやると、「それは寄木張りの床の上に、ひらひらと舞い落ちた」（151）。父娘が最後に手紙を書くという手段は、結局、何の役にも立たなかったのだ。セシルは後に、そのときのことを振り返り、こう述べている。

私は、嘲《あざけ》りと残忍さという耐え難い感情なしに、私たちがアンヌに綴《つづ》った、善意溢れる手紙のことを思い出すことができない。（148）

アンヌとセシルの対比は、ほぼ一貫して、「理知的」対「反理知的」という図式によって示されているように見える。アンヌは、セシルを見下しているようでもあったし（「彼女〔アンヌ〕は片手を私の頬に置き、穏やかにゆっくりと話した。私が少し馬鹿であるみたいに」〔51〕）、彼女やレイモンを何も考えない人間と思い込んでもいた（「アンヌは、私を思考能力のある人間（un être pensant）」と見なしていなかった」〔43〕／「あなたたちは、ちょっと私をいらいらさせるの。お父様とあなたは、決して何も考えないし……」〔131〕）。その原因は、成熟した四二歳、そして生意気盛りの一七歳という、それぞれの年齢にもあるのだろうが、実は、それだけではどうしても説明できないことが、多々見受けられる。セシルには、アンヌという強敵に立ち向かうため、敢えて、自らを何も考えない人間として演出していた可能性があるように見えるのだ。

セシルは、自分が頭の回る人間であることを、どこかで分かっている。

そしてそれは、アンヌに対して緻密な計画を立てる際、より明確に意識される。

私は一瞬も自分に気を取られることなく、極めて速やかに計画を立て始めた。〔……〕私は、計算し、推測し、すべての反論を次々と打ち砕いていった。精神の敏捷《びんしょう》さや、その急激な奮起に、私はそれまで気づいたことがなかった。自分が危険なほど抜け目ないと感じていた〔……〕(82)

私には多分、知的能力(des possibilités intellectuelles)があったのだろう……私はその〔……〕理に叶った論理的な計画を、五分で思いついたではなかったか。(85)

セシルの理知性を、アンヌはいったいどう考えていたのだろうか。それについては、セシルが直接アンヌに質問する一節がある。アンヌが目論んでいた、まさに「家族の知性に関する調査」結果を、セシルが果敢に確認しようとする場面ともいえる。

「アンヌ」と、私は突然言った。「私って頭がいい(intelligente)と思う?」

彼女は私の不躾《ぶしつけ》な質問に驚いて、笑い出した。

「もちろんでしょう、まったく！　どうして、そんなことを聞くの？」

「もし私が馬鹿でも、あなたは同じように答えたわね」と、私はため息をついた。「私にはしばしば、あなたが及びもつかない人のように思えるわ」

「それは年齢の問題だわ」と、彼女は言った。「あなたより多少自信がないと、とても困ったことになるでしょう。あなたが私に影響を与えてしまうから！」

彼女は大笑いした。私は傷つけられたような気がした。

「必ずしも、それが悪いとは限らないでしょう」

「大変なことになるわ」と、彼女は言った。（129）


この遣り取りでは、二人の対立のもっとも大きな要因となるものが明言されている。それは、アンヌが口にする「影響」という言葉に他ならない。この点については、次節以降で詳しく論じることにしよう。

さて、父親との気儘《きまま》な生活を謳歌するセシルは、はたして本当に、無知で反抗的な一七歳の少女にすぎないのだろうか。そうではない。彼女の知的能力が高いことは、さまざまな観点から明確に確認することができるからだ。

第一に、セシルはこの物語を最後までリードし続ける、いわば主役的な存在だ。不安定に揺れ動きながらも、気持ちの切り換えは常に素早く堂々としている。アンヌも含め、定型的な性格を付与されている他の登場人物たちとは、完全に異なっているのだ。「それは心理学の問題ね」(90)などと口にする彼女は、まさに有能な心理学者のように周りの大人たちの気持ちを分析し、突き動かしていく。『悲しみよこんにちは』は、改めて確認するまでもなく、一七歳の少女に周囲の大人たちが操られ、振り回される様を回想する物語なのだ。彼女こそまさに、「影響」を与える人といってよいだろう。理知的だったはずのアンヌさえ、セシルが仕組んだ戦略的な「お芝居」を見抜くことができなかった。すべて、彼女にしてやられたのだ。

心理分析についていうなら、セシルの自己分析もまた極めて精妙・緻密で、この物語の大きな読みどころの一つとなっている。無論、この出来事が回想されるのは、ある程度時間が経過してからだろうが、複雑で微妙な精神の動きをここまで見事に描出したのが、まだ年若の女性であるという点に対しては、驚きを禁じることができない。作者サガンがこの作品を執筆したのもまた、一八歳の頃だった。語り手セシルの背後には、間違いなく作者サガンの影がほの見える。そして、両者はともに、限りなく精妙で理知的な語り手なのだ。

セシルは試験に失敗するなど、勉強嫌いな怠け者として語られているが、知性的であるかどうかは、また別の話である。彼女は「十分に本を読んでいなかった」と述懐しているが、文学等もしっかりと愛読していたようで、次のように語る場面さえある。

> 私は普段から、簡潔な寸言、とりわけオスカー・ワイルド〔Oscar Wilde, 1854-1900〕のそれを心のなかで呟いていた。〈罪悪は現代社会に存続する、唯一の鮮明な色彩だ〉。私はこの寸言を、絶対的な確信を持って、自分のものにしていた〔……〕私の人生は、この言葉をなぞり、そこからインスピレーションを与えられ、湧き出ることができるだろうと考えていた〔……〕（28-29）

また、この物語には、ベルクソン〔Henri Bergson, 1859-1941〕、カント、パスカルといった思想家たちの名が、理知的な世界の象徴として、しばしば登場する。いずれも一筋縄ではいかない思想界の大物だが、時代も近いせいか、ベルクソンへの言及が特に目立っている。テクストの引用もある。

> 〔……〕〈事実と原因の間に、最初どれほどの不均質性を見出そうと、また、行動の規則から事物の根本を突き止めるまでに、たとえどれほどの道のりがあろうと、人が人類を愛する力を汲《く》み出したと感じたのは、常にその発生原理に接してのことである〉（63-64）

どう見ても、容易に理解できる言明とは言い難い。セシルはこのベルクソンの一節を、はたしてどう受け止めたのだろうか。彼女がこの哲学者の思想に関心を抱いたかどうかは別としても、彼女はこう述べている。

私は翌朝、〔この〕ベルクソンの一文とまた向かい合った。それを理解するには、何分か必要だった。

〔……〕

私はこの文章を繰り返し読んだ。いらいらしないように、先ずは静かに。次に大きな声で。私は両手で頭を抱え、文章を注意深く見つめた。そしてついに、私はそれを理解した〔……〕(63-64)

彼女がこの一節の真意を、本当に理解したかどうかを確かめる術はない。しかし、彼女にも、この難解な哲学者の文章と真剣に向き合う気構えは、十分そなわっている。彼女の知性を窺わせる証拠は、これ以外にも多々確認できるが、特にテクストの冒頭と結末に置かれた「悲しみ(tristesse)」という鍵言葉に関する述懐には、哲学的思索とも思しき雰囲気が漂っている。セシルは、人々の心理を精緻に把握し分析できる、まさに大人顔負けの人物なのだ。

# 4

# セシルとアンヌの対立

## ――その根底深くにあるもの

美しい容姿と秀でた知性に恵まれ、第二の母親としても完璧な資質をそなえているると思えるアンヌを、セシルが執拗に忌避し続ける理由は、いったいどこにあるのか。それは、前節でも詳述したように、アンヌとこの父娘の人生観の違いにある。教育に関する姿勢はいうまでもなく、生に対する考え方が、そもそも根本的に異なっているのだ。自分と父親のことを「放浪の民の美しき純粋種」、「哀れで、やせ細った享楽者の種族」（135）と言い放つセシルには、世間的な価値観を共有しながら、平穏に生きていこうとする意識は極めて希薄である。日々「放蕩者」のような生活をし続けること。それは彼女にとって、決して嫌悪すべきものではなかった。むしろ、性《しょう》に合っていたのである。

私はふざけ半分な気持ちで、自分を憎もうとした。放蕩（débauche）のため、こけてやつれた、この惨憺《さんたん》たる顔を憎もうとしたのだ。私は自分の目を見つめながら、繰り返し、この放蕩という言葉を、低い声で呟き始めた。すると突然、〔鏡のなかで〕微笑んでいる自分が目に入った。実際、何という放蕩だったのだろう〔……〕（54）

レイモンとセシルの「共同体」には、そもそもアンヌのような女性が入り込む余地はなかったのだ。だが、病的と形容されるほど女性好きなレイモンは、すっかり彼女が気に入り、直ぐにその気になってしまう。何しろ、半年に一度、相手を替えるような人物なのだ。間もなく結婚の予定を打ち明けた二人は、新たな「家族」を作るため、その一歩を踏み出すことになる。

しかし、この一見微笑ましくも見える家族計画は、最初から破綻すべき運命を背負い込んでいる。それは、この父娘が築き上げた自己充足的な「共同体」を、今後、誰が、どのような形で統括していくのかという問題に、必ず逢着せざるを得ないからである。「共犯者」のような父娘にとって、自分たちの住む「共同体」を維持することは、極めて重要かつ快適なことだろう。だが、そこに外部から、知的で有能な人物が介在してきたら、いったい何が生じるだろう。無論、それまでどおり、父親のレイモンが仕切ればよいという考えもある。だが、確たる定見も持たず、放縦に暮らし明かしているだけのレイモンに、はたして何ができるというのか。「大きな子ども」のような彼には、いわゆる「父親的な権威」――ラカン(Jacques Lacan, 1901-1981)の言う「ファルス(phallus)」――のようなものが欠けている。「共同体」での毎日の生活は、ほぼ娘のセシルに任せられているのである。

では、セシルは部外者である他者に、どう対処したいと考えているのか。テクストの冒頭付近に、彼女が周囲の人たちとの関係について言及する箇所がある。

こうした征服欲（goût de conquête）の背後にあるのは、有り余るほどの生命力、支配欲（goût d'emprise）なのか。はたまた、自分自身に対して安心したいという欲求――密かで無言の、根強い欲求――なのか、私は今でもまだ分からない。(14)

「私は今でもまだ分からない」と語る彼女だが、この述懐は彼女の欲求の本質を、既に明確に説明している。彼女は青春を謳歌する一七歳の女性。当然、有り余るほどの生命力に溢れている。「自分自身に対して安心したい」というのは、周囲の人間に干渉されず、自分の生活を思うままに維持したいという意味だろう。そして、「征服欲」、「支配欲」という二つの欲望。これから繰り広げられるアンヌとの確執と、それに対するセシルの心情を考えるなら、この闘争的・制圧的な欲望が、いかに緊密に物語の展開と関わっているかが理解されるだろう。問題なのは、アンヌもまた、セシルに劣らず、こうした欲望に強く駆り立てられてしまうことなのだ。

新しい女性が別荘に来るとレイモンに告げられた瞬間から、セシルは激しい不安に苛《さいな》まれ始める(「私は絶望的な気分で、目を閉じた。私たち

## 4 セシルとアンヌの対立

はあまりに平穏だった。だが、そんなことが長続きするはずはなかったのだ！」〔15〕）。しかし、そこにはもう一つ、驚愕《きょうがく》すべき報告が残されていた。彼らのもとにやってくるのは、何とアンヌだというのだ。それを耳にしたセシルは、「〔……〕驚きのあまり、どう応じてよいか分からなかった」（15）。セシルは、小さな頃、世話をしてもらった関係もあり、アンヌの性格や生活信条を知り抜いていた。アンヌはどこに出しても恥ずかしくない、知的で魅力的な女性であり、普通に考えるなら、この上なく理想的な訪問者だったはずだ。だが、レイモンとセシルの放縦な生活に加わるには、逆に、彼女ほど厄介で不具合な人物はいなかったのだ。世話になった以上、セシルは彼女に感謝しているし、憧れも感じている。それは間違いない。セシルが真面目に心配していたのは、賢いアンヌが彼女と父の生活に「影響」を与え、二人の「共同体」を改変、あるいは破壊してしまう可能性だったのだ。セシル自身、認めている。「私〔セシル〕は、アンヌより影響を受けやすかったに違いない〔……〕」と（38）。

放逸で女性好きな男性と、その娘の生活に、一人の才色兼備な女性が割り込んできたとき、そこにはいったい何が生じるだろうか。社会的秩序や風紀を重んじる女性は、何よりも先ず、家族の行動を改め、常識や習慣に見合った生活を築き上げようとするだろう。アンヌもまた、例外ではなかった。しかし、それは彼女にとって、予想以上に多難で困難な課題だった。優柔不断な父レイモンの行動を徐々に修正していくことは、確かに可能だったかもしれない。彼は、妻になるはずのアンヌの方針に——少なくとも、最初の頃は——喜んで与しようとしていたからである。

私たちは、家具調度やスケジュールについて、複雑な計画を立てていた。父と私は、そうしたことを知らない人たちの無分別さで、ぎっしりと難しい計画を立て、喜んでいた。私たちはそもそも、そのような計画を信じたことがあっただろうか？　毎日、昼の一二時半に同じ場所に食事に戻り、家で夕食、そして後はそこで過ごす。父は本当に、そんなことができると信じていたのだろうか？だが、彼は自由奔放な暮らしを陽気に葬り去り、秩序を、品のある、きちんとしたブルジョワ生活を誉めそやしていた。おそらく、私にとってと同様、父にとってもまた、すべては頭のなかで作り出したものにすぎなかったのだ。

（58）

アンヌの影響で立てられる数々の計画は、新家族の幸福を予感させる。だが、それは同時に、疑念や不安をセシルの内に芽生えさせる。次々と提示される計画は、いずれもアンヌ主導のもので、セシルにとっては、ほとんど現実感がなかったからだ。浮薄で放逸な父親は、何も考えずに、それまでの生活を手放すこともできただろう。だが、セシルはどうして

## 4 セシルとアンヌの対立

も、そうした計画に追随することはできなかった。「大きな子ども」と形容されるレイモンよりはるかに理知的な彼女は、「秩序」や「品のある、きちんとしたブルジョワ生活」が、二人の「共同体」に何をもたらすかを、明確に理解していたのである。

セシルが危惧していたように、別荘に到着したアンヌは、直ぐに父娘の生活に深く干渉するようになる。最たる例が、先に触れた「教育」の問題だろう。彼女が先ず改めようとしたのは、父親と同様に自由奔放であるセシルの態度・行動だった（「〔……〕あなたは〔セシル〕は、あなたの粗野な女の子役を、良い生徒役と取り替えるのよ。それも、たった一ヶ月の間。そんなに大したことではないでしょう、それとも大したことなの？」〔63〕）。

そして、父親のレイモンもまた、このアンヌという「カード（carte）」〔37〕を利用し、セシルの行動を制限しようとする（「〔……〕父は私をアンヌの監視下に置き、〔……〕彼女に多少の責任を負わせようとした」〔37〕）。こうなってくると、セシルの心は穏やかではいられない。これまで謳歌してきた「自由」が、外側から監視されるだけではなく、二人の「共同体」にも、「共犯者」同志という父娘の関係にも、亀裂が生じかねないからである。アンヌの登場により、「共同体」の中心メンバーが入れ代わる恐れも十分にある。それはいうまでもなく、セシルと「有能な（efficace）」アンヌの交代だ(「もはや介入することも叶わないお芝居を前に、私は既にその流れから除外されていると感じていた」〔48〕)。アンヌに同調気味のレイモンは、当然のごとく、セシルから切り離されることになるだろう(「既に父は、私から切り離されていた」〔65〕)。

　セシルが執拗に回避しようとしているのは、自分たち以外の人間に「共同体」の実権を引き渡し、その崩壊を招くような事態を引き起こすこと。ただ、それだけだ。そのためなら、彼女は何一つ厭《いと》わず実行に移すだろう。だが、そうした彼女の不安をよそに、アンヌの存在感は日々、その強度を増していく。アンヌとセシルの対立は、心理「ゲーム」のような局面を超え(「それはもうゲームではなく〔……〕」〔67〕)、壮絶な「戦い」の領域へと突き進んでいく。セシルは、アンヌの気に入らない行動を矢継ぎ早に指摘し、自己の根底にある不安を必死に言語化しようとする。繰り返しになるが、彼女の最大の懸念は、新来の女性の存在により、父娘二人で維持してきた「共同体」が呆気《あっけ》なく崩壊してしまうことにある。それは「生活すべてを変えてしまう」〔55〕ような大事件であるだけでなく、彼女の「アイデンティティ」にも関わる大問題なのだ。

> 〔……〕まるで私が存在していないかのようだ。まるで私が追い遣られるべき何かであり、私ではないかのようだ。〔61〕

〔……〕そう、私がアンヌを非難していたのは、まさにそこだ。彼女は、私が自分自身を愛せないようにしてしまう。私は生来これほど、幸福や、愛想のよさや、無頓着さに向いているのに、彼女がいると、非難や後ろめたさの世界に入ってしまう。そして、内省があまりに不得手な私は、そこで自分を見失ってしまう。(64-65)

窮地に追い遣られつつあるセシルは、そのときの状況を想像し、アンヌが引き起こすさまざまな問題について、どう対処すべきか考えようとする。だが、彼女には打つ手が見当たらない。考えれば考えるほど、アンヌへの不安や苛立ちは増していく。彼女の存在が、強大な「強迫観念」と化すのはもはや時間の問題だったのだ(「二日が過ぎ去った。私は堂々巡りをして、疲れ果てていた。アンヌは私たちの存在＝生活(existence)を破壊しようとしている。私はそうした強迫観念(hantise)から逃れられずにいた」〔77〕)。

大仰に聞こえるかもしれないが、強迫観念というものは、当人にそれほどの切実さを感じさせるのだ。だが、その一方で、セシルには意識的にアンヌの存在を不安視しようとしている向きもある。それは彼女が、周りの人たちが考えている以上に理知的で、冷静な計算ができる人物だからだ。アンヌから強大な影響を受け、世間的な規範や慣習に圧し潰されようとしている自分。セシルは、そんな役どころを、自ら進んで自己演出しているようにさえ見える。

そうしたことは、すべて終わってしまっていたのだ。今度は私がアンヌに影響され、手直しされ、誘導されようとしていた。私は、それに苦しむことさえなかった。彼女は知性と皮肉と優しさをもって行動し、私は彼女に抵抗できなかった。半年もすれば、もはや抵抗したいとも思わなくなるだろう。(65)

だが、「知性と皮肉と優しさ」で振舞うアンヌに対し、セシルの反発心はどこまでも膨らんでいく。それを停止させることは、おそらく不可能だろう。セシルは、物事の停止・終結を何よりも嫌う人間だからだ(「私は、終結=大団円(dénouements)が大嫌いだ」(141))。彼女にとって、すべては常に動きのなかになければならない。周囲の人間や社会が定式的に決めるもの――つまり、制度、習慣、風習といった事柄――に対し、セシルはほとんど関心を示さない。それは彼女が「放蕩」と表現する「自由」を規制し、圧迫しようとするからだ。アンヌの存在に不安を覚え、父娘の「共同体」が崩壊すると懸念した際、彼女が執拗に強調するのは、まさにこの「自由」という言葉に他ならない。

## 4 セシルとアンヌの対立

どうしても奮起し、父を、そして私たちの昔の生活を、取り戻さなくてはならなかった。私が過ごしてきたばかりの、陽気で滅茶苦茶な二年間、この間あんなにも速やかに見捨ててしまった二年間が、突然、どれほど私にとって魅力的に思われたことだろう?……考える自由、へたに考える自由、ほとんど考えない自由、自分自身で人生を選ぶ自由、自分自身を選ぶ自由。〈自分自身である自由〉とはいえない。私はどんな形にでも捏《こ》ねられる生地でしかなかったし、型を拒絶する生地だったからである。(65-66)

アンヌとの確執は激しさを増す一方だが、男女関係や「性」をめぐっても対立は繰り広げられる。貞節で道徳的なアンヌは、恋愛を刹那《せつな》的に思考するセシルの生き方を改変しようとするのだ。セシルの恋愛観は、父レイモンとの「共同体」のなかで育まれたものであり、病的といえるほど女性好きな彼の考えに、大いに感化されている。

「僕の可愛い共犯者」と、彼〔レイモン〕は言った。「お前がいなかったら、僕はどうなるだろう?」

父の声の調子があまりに確信に満ち、優しかったので、〔私がいなければ〕父は不幸だったろうと考えた。

夜遅くまで、私たちは恋愛や、その厄介事について語り合った。父の見解では、そうした厄介事は非現実的だった。父は、貞節や厳粛や誓いといった観念を一貫して拒んでいた。そのようなものは恣意的で不毛だと、父は私に説明していた。父以外の人から言われたら、私は不快感を覚えたかもしれない。〔……〕そうした感情〔優しさや献身といった感情〕は父が望むからこそ、そして仮初《かりそめ》のものであると知っているからこそ、より容易《たやす》く湧き上がるのだ。

この考え方は、私を魅了していた。忽《たちま》ち火がつき、激しく燃え上がる、束の間の恋。私はまだ、貞節などというものに魅了される年齢ではなかった。

(17-18)


アンヌの恋愛観は、セシルのそれのまさに対極に位置している。ある日、昼食を終えたエルザが、悩まし気な態度でレイモンを誘い、部屋に引き上げた際、セシルはアンヌに向かって鎌をかけるかのように呟く。「昼寝はとても休まるって言うけど、それは間違った考えだと思うの……」(39)。アンヌは最初、何食わぬ顔でその発言を一蹴《いっしゅう》するが、セシルのさらなる言葉に駆られ、彼女を厳しく諫《いさ》める(「私は、その種の勘ぐりが大嫌いなの。あなたの歳では愚か以上。不愉快だわ」〔39〕)。そして、それぞれの発言を陳謝し合ったとき、アンヌは低く抑えた声で話し出す。

「あなたは、愛というものについて、少し単純な考え方をしすぎているわ。それは、刹那的な感情の高ぶりが次々に連なっていくようなものではないの」
〔……〕
「それはもっと別のものなの」と、アンヌは言った。「変わることのない優しさ、穏やかさ、〔……〕あなたにはは理解できない、いろいろなもの」（40）

だが、セシルがそのとき思い浮かべていた恋愛は、まさにそれとは「別のもの」だった。

私の恋愛はすべてそうだった、と私は思った。一つの顔、仕草、そしてキスで、突然高まる感情……。何の一貫性もなく花開く一瞬一瞬。私の恋愛に関する思い出は、全部そうしたものだった。（40）

要するに、アンヌが社会のなかで安定した穏やかな物事、波風の立たない状態を尊重しているのに対し、セシルは常に移り変わるもの、停止しない動きのようなものを享受しようとしているのだ。

こうした対立は、思わぬ場面でも顔を覗かせる。ある日の午後、シリルの母親に招待されたときの帰り道。セシルはアンヌの一言に突然癇癪《かんしゃく》を起し、それを真っ向から否定するのだ。少し長くなるが、引用しておくことにしよう。

帰り道、彼女〔アンヌ〕は、婦人〔シリルの母〕を素敵だと明言した。私はその手の老婦人に対し、呪いの言葉をぶちまけた。〔……〕「ねえ、分からないの。彼女は自分に満足しているのよ」と、私は叫んだ。「義務を果たしたという気持ちがあるから、自分が得意なのよ……」

「でも、そのとおりでしょう」と、アンヌが言った。「世間でいう表現に従うなら、彼女は、母としても妻としても、義務を果たされたのよ」

「それから、娼婦としての義務も？」と、私は言った。

「たとえ逆説的だとしても、下品な言い方は好きではないわ」

「少しも逆説的じゃないわ。彼女は皆がするのと同じように結婚した。欲望からか、あるいは、結婚はするものだからか。そして、子どもができた。どうしたら子どもができるか分かってる？」

「多分、あなたほどは分かってないでしょうけど」と、アンヌは皮肉った。

「……」

「そこで彼女は、その子どもを育てた。おそらく、不義の苦悩やごたごたとは無縁だった。無数の女が送るような人生を過ごし、それを誇りに思ってるのよ、分かる？　彼女は、ブルジョワの若い妻そして母という状況にいただけで、そこから出るためには何もしなかった。彼女は、何かを成し遂げたことではなく、あれこれしなかったことを自慢している」

〔……〕

「あれは口車よ」と、私は叫んだ。「後になって言うのよ。〈私は義務を果たしました〉と。何もしなかったから。もし自分の環境に生まれ、街娼にでもなっていたら、彼女にも取り柄はあっただろうけど」（42-43）。

## 4 セシルとアンヌの対立

あまりに突飛なセシルの言葉には、おそらく驚愕を禁じ得ないだろう。だが一方で、彼女の主張には理解できなくもない部分もある。彼女はシリルの母親を、社会の慣習や制度に一切抗《あらが》わず、まるで義務を果たすためだけに生きてきたような人と見なしているのだ。つまり、アンヌも納得しているように、世の中で口にされる妻や母親の義務（「世間でいう表現に従うなら〔……〕」）を忠実に実行し、他の女性たちと同じように暮らしてきたということだ。セシルが不満を感じているのは、そうした状況に追い遣られたシリルの母親が、その縛られたような生活を脱し、自分なりの何かを行なおうとしなかったことである。「苦悩やごたごた」と無縁なのは、決して悪い事ではない。しかし、一七歳のセシルが志向していたのは、貞淑な主婦が、ある日突然、「娼婦」や「街娼」になってしまうような劇的な生の変化だったに違いない。彼女は刹那的な瞬間を求め、常に停止することを嫌う、まさに「とんでもない（incroyable）〔83〕」女性なのだ。

先のアンヌとセシルの遣り取りには、「性」に関する問題も色濃く立ち現われている。「娼婦」や「街娼」という言葉が登場するだけではない。そこには、四二歳のアンヌと一七歳のセシルの「性」をめぐる対決が、生々しく描き出されているのだ。「どうしたら子どもができるか分かってる？」というセシルの挑発的な質問を、「多分、あなたほどは分かってないでしょうけど」と、アンヌは軽く受け流す。この場面には、れっきとした伏線がある。その後、セシルとシリルの交際に反対する――つまり、二人の「性」を管理しようとする――アンヌは、セシルに向かって次のように言い放つのだ。無論、セシルの方も負けてはいない。


「この手の遊びは、たいてい病院で終わるということを、あなたは知らなくてはいけません」と、彼女は言った。

「……」

「大げさなことを言ってはいけないわ」と、私はにっこりしながら言った。「私はシリルにキスしただけ。それで、病院に連れて行かれるはめにはならないでしょう……」

「もうあの人とは会わないで、と言ってるの」。彼女は嘘だと信じているかのように言った。（60-61）

「性」に関連したり、それを仄《ほの》めかすエピソードは他にもあるが、それらはみな、アンヌとセシルの確執から生じている。「夏休みの我慢ならない宿題」(106) をめぐっては、言い争いの末、アンヌがセシルを自室に閉じ込めるという事態まで生じるが、ここではその「勉学」までもが、「性」の対極にあるものとしてイメージされている(「〔……〕アンヌの手が、生き生きとした長い手が、揺れて父の手を探り当てるのが見えた。〔……〕二人〔レイモンとアンヌ〕の前には愛の一夜があり、私の前にはベルクソンがあった」〔67〕)。

アンヌがもっとも激しく怒りを爆発させるのは、間違いなく、彼女がセシルの頬に平手打ちを浴びせる場面だろう。常に沈着冷静に見えるアンヌも、レイモンと自身に向けられたセシルの性的誹謗には、さすがに我慢ならなかったのである。

「私は……私はエルザにこう言えばいいわけ? 父は一緒に寝る別のご婦人を見つけたので、あなたはまたどうぞって。そうなのね?」

父の怒声と、アンヌの平手打ちが同時に飛んできた。(51)

反抗的なセシルの精神を揺さぶり、この物語の動態的な展開を演出しているのは、いうまでもなく、アンヌの存在に他ならない。そもそも、彼女のような女性が父娘の別荘に介在してこなければ、事件らしい事件は何一つ生起しなかったに違いないからだ。アンヌがレイモンとの結婚に同意したのは、この支離滅裂な家庭らしきものを、世間の常識に則《のっと》り、大改造しようとしたからに相違ない。セシルが想像するアンヌの気持ちには、そうした意気込みが実によく表現されている。

〔……〕彼女〔アンヌ〕が父と共に生きることを受諾したのは、次のような基本了解があったからに違いない。浅薄な放蕩の時代は、もう終わり。彼〔レイモン〕はもう青二才ではなく、彼女が人生を託す一人前の男。だから、行儀よく振舞って、気紛れに翻弄されるような哀れな男にはならないこと。(136)

娘となれば当然、セシルもまたこうした彼女の意向に沿って生きねばならなくなる。シリルのことを気に入っていたレイモンも、アンヌの反対に合わせ、急遽《きゅうきょ》、自らの考えを転換するかもしれない(「彼女〔アンヌ〕が駄目と言えば、パパもまたそう言うでしょう」〔89〕)。セシルは、シリルとの交際を反対されるだけではない。エルザの言うように、アンヌの選んだ男性を結婚相手としてあてがわれる可能性さえあるのだ(「私が二〇歳になった日に、アンヌが若い男性を紹介するのが目に見えるようだった〔……〕」〔91〕)。「美しい蛇(un beau serpent)」(73)のごとく、父娘の世界に侵入してくるこの「女策士(intrigante)」(89)は、徐々に二人の「共同体」を破壊し、我が物顔に振舞おうとするだろう。アンヌに対するセシルのイメージは、こうしてますます助長されていく。ここまでくれば、もはや誰も、彼女のこの「強迫観念」を押しとどめることはできない。彼女は、車を運転するだけのアンヌの姿にさえ、一家の大黒柱のような女性を感じてしまうからである(「アンヌが運転していた。私たちが形作ろうとしていた家族を象徴するかのように」〔118〕)。

アンヌはこうして、父娘の生活を根底から揺るがす存在として位置づけられていく。おそらく、セシルが当初予想していた以上に、厳しく辛《しん》辣《らつ》な形で。アンヌへの感情を示すセシルの激烈な表現を、幾つか列挙しておくことにしよう。

アンヌと話していると完全に頭を奪われ、もはや自分が存在していないような気分だった。〔……〕彼女だけが常に私を問題にし、自分で自分を判断するよう強いていた。彼女は私に、緊張した困難な瞬間を過ごさせていたのだ。(128)

「では、あなたは何が大切だと思っているの? 落ち着き? 自立?」

私には、こうした会話が耐えられなかった。特にアンヌとは。（131）

〔……〕私は、アンヌが〔……〕至る所に持ち込む秩序や平穏や調和を、予想することができなかった。死ぬほど退屈するのではないかと、とても怖かった。〔……〕だが、退屈と平穏が何よりも怖かった。そしてアンヌは、父と私が内的に平穏であるためには、外的な喧騒が必要だった。それを認めることができないだろう。（132）

私に我慢ならなかったのは、私たちの過去の生活に対するアンヌの蔑《さげす》み、父と私の幸福であったものを、いとも簡単に無視する態度だった。私は彼女を侮辱したかったのではなく、私たちの人生観を受け入れてほしかったのだ。〔……〕彼女が何としても自分が正しいと思いたいのであれば、私たちは間違ったままにしておいてくれなければならなかったのだ。（137）

アンヌが思い描いていたのは、平穏で健全な家族を作り上げることだったた。それは不自然ではなかったし、誰でもが多分そう望んだことだろう。しかし、セシルにはむしろ、それが不条理に感じられたのだ。彼女の微妙な心理は、三人が一家団欒《だんらん》といった様子で寛《くつろ》いでいるときにレイモンが発する、「僕の子猫ちゃん（mon chat）」という言葉に凝集されている。

「おいで、僕の子猫ちゃん」と、父が言った。
彼は両手を差し出すと、自分と彼女〔アンヌ〕の方へ私を引き寄せた。私が二人の前に半ば跪《ひざまず》くと、彼らは穏やかな愛情をもって私を見つめ、頭を愛撫してくれた。私としては、こう思わずにはいられなかった。多分この瞬間、私の人生は変わろうとしている。でも、二人にとって、私は確実に、一匹の猫、よく懐《なつ》いた小動物にすぎないのだ。私は、二人が私には手の届かないところで、過去によっても未来によっても結ばれていると感じていた。そうした絆は、私の知らないものであり、私自身を引き留めることはできなかった。（56）

レイモンやアンヌの優しさや気遣いは、十分理解できる。アンヌの方針に合わせて暮らしていけば、事はすべて順調に進むだろう（「彼女なら私を導き、私の生活から重荷を下ろし、どのような状況のときも、進むべき道を示してくれるだろう。私は完成されていき、父もまた、私と共にそうなっていくだろう」〔56〕）。だが、セシルは「よく懐いた小動物」にはなれない。言わば、永遠に「野生の野良猫」のままでいたい彼女には、飼いならされた従順な家猫――いわゆる、ペット――になることを、どうしても承諾することができないのだ。

# 5

# もう一人の「私」

## ——「二重性」の発見

アンヌへの敵意と不安は、加速度的に激しさを募らせていく。だが、この物語がセシル対アンヌという単純な二項対立図式に還元されることは、ほぼない。無論、二人の対立が深刻化する場面は多々ある。しかし、そこには必ずといってよいほど、対極的な感情が同伴している。セシルはアンヌの発言や行動に不満を覚えつつも、心のどこかで彼女を称え、同調的な反応を示してしまうのだ。この物語を生気溢れるものにしているのは、そうした彼女の二律背反的な心情の発現と考えて、まず間違いないだろう。自らの揺れ動く心身の様態については、セシル自身も鋭敏に意識している。

単純に、私は私として、生じていることを自由に感じてもよかったのではないか？　生まれて初めて、この〈私〉が分裂しているように思われた。そして、そうした二重性（dualité）の発見に、異常なほど驚愕していた。私がもっともな口実を見つけ、それを自分自身に呟き、自分を誠実だと判断しても、突然、もう一人の〈私〉（un autre《moi》）が現われ、私自身の論法を否定し、たとえいかに真実らしく見えようと、私が思い違いをしているのだと糾弾した。しかし、実際のところ、私を欺いていたのは、このもう一人〔の私〕ではなかったのか？　その明晰さが、最悪の誤りではなかったのか？　私は自室で何時間も煩悶《はんもん》し続けた。今アンヌが私に抱かせている不安や敵意は、正当なものだっ

たのか。あるいは、私は自立したと思い込んでいる、甘やかされた自己中心的な小娘でしかなかったのか。（71-72）

セシルの言う「二重性」や「もう一人の〈私〉」とは、一人の人間のなかに立ち現われる、まったく異質で対極的な自己の存在（性）を指示している。『批評的差異』（一九八〇年）の著者、バーバラ・ジョンソン（Barbara Johnson, 1947-2009）なら、それを「内的差異＝矛盾」の発現と表現したかもしれない。それはつまり、心情内において発生する、「脱構築（déconstruction）＝相反する二つのものの共存」のような出来事なのだ。

アンヌが別荘に来て以来、セシルはこの「二重性」や「もう一人の〈私〉」の出現に遭遇し、徐々にそれに囚われていく。まるで自分のなかに、相反する二人の人間が存在するかのように。アンヌを遠ざける目的で計画を立てたとき、彼女に対するセシルの気持ちは限りなく否定的だったかもしれない。しかし、それはその後、極めて両面感情的に揺れ動く。

既に考察したように、アンヌに対する彼女の言動は、基本的に否定的で攻撃的である。だが、すべてがそうというわけではない。この知的で高徳な美しい女性を一刀両断に切り捨てることなど、そもそも不可能だからだ。それ故、セシルの言説・行動には、アンヌを否定・非難するものと認知・称賛するものが、複雑な形で織り交ぜられることになる。そうした言説の特徴をもっとも明確に映し出しているのが、頻繁に使用される「同時に(à la fois)」という言い回しであろう。たとえば、アンヌの行動規範に従うことができないセシルは、そうした状況について次のように吐露している。

彼女〔アンヌ〕には、趣味の良さや優雅さに関しても規範があって、突然閉じこもったり、傷ついて黙り込んだり、表情を変えたりする行動に、そうした規範を感知せずにはいられなかった。それは刺激的であると同時に、煩《わずら》わしくもあったが、結局は屈辱的なことだった。私は、彼女の方が正しいと感じていたからだ。(19)

決まり文句のように反復される、この「同時に」という表現は、紛れもなく、セシルの心境をもっとも的確に捉えている(「〔……〕私はそれをよかったと思うと同時に、腹立たしくも感じた」〔47〕/「私はそれを嬉しく思うと同時に、恨めしくも感じた」〔62〕)。アンヌを否定し、遠ざけようとしているにもかかわらず、セシルはどうしても、彼女の美点を評価してしまう。セシル自身の表現に従うなら、彼女にとってのアンヌは、まさに魅力的な「美しい蛇」に他ならないのだ。

セシルは何かがある度《たび》に、アンヌの素晴らしさを称賛し、彼女がいかに優れた人間であるかを強調しようとする。そうした仕草には、過剰とさえ思えるところもある。しかし、彼女は決して、自己を偽りながら、そのような心情を吐露しているわけではない。彼女は、その都度《つど》考えたことを、極自然な形で口にしているだけなのだ。この先アンヌに仕掛ける「計画」を除けば、彼女には、アンヌを曲解したり、欺いたりする意思はない。セシルが警戒しているのは、アンヌの影響力、即ち、レイモンとセシルの「共同体」に介在したときの、彼女の力と振る舞い方だけなのだ。魅力的な女性と出会ったときのように、セシルはアンヌの容姿や知的能力を心から評価している。そこには、邪念や嫉妬といった要素は、いささかも存在しない。彼女が発する称賛の言葉は、まさしく枚挙に暇《いとま》がないほどだ。煩雑かもしれないが、該当すると思える箇所を多少多めに引用しておくとしよう――「細いウエスト、申し分ない脚〔……〕（33）」／「〔……〕とても自然でエレガントな、彼女の静けさ（38）」／「彼女の顔は、決然として静かで和やかだった。私はそれに心動かされた（39）」／「私は、彼女が正しいと思った〔……〕（40）」／「今夜は、成熟した者の魅力すべてが、彼女の内に集まったかのようだった（47）」／「〈あなた〉が成功なのと、私は言った（47）」「アンヌはとても素敵な人で、さもしさなど露ほどもなかった（56）」／「アンヌは和やかで、信頼に満ち、とても優しかった〔……〕誓って言うが、そうした状況が一生続けばいいと、私は考えていただろう（58）」／「それから私たち三人〔レイモンとアンヌとセシル〕は、揃って浜辺で腹這いになった。二人の間に私が入り、静かに、穏やかに（94）」／「彼女は優しかったと、私は言っただろうか？〔……〕彼女はいつも適切な言葉と仕草を与えてくれた。私が本当に苦しんでいたなら、〔アンヌ〕以上の支えを得ることはできなかっただろう（97）」／「私は一瞬、さもしさも嫉妬心も見せない彼女に激しく敬服した。〔……〕彼女の方がエルザより百倍も美しかったし、洗練されていた（122）」／「彼女の方がずっとよかった。もっと威厳があったし、知性的でもあった（123）」／「アンヌを責めることはできなかった。それはまったく普通だし、計算のごとく健全だった（136）」／「〔……〕日々の生活は〔……〕アンヌの信頼と優しさ〔……〕と幸福で満たされていた（140）」。

　セシルの内には、アンヌの敵対者を演じるといった部分が大いにある。そして、彼女の自己撞着的な心の動きは、すべてそこから派生しているのだ。エルザとシリルに「計画」を説明したときの気持ちを、彼女は次のように述懐している。

> 私はそれが可能であることを彼らに証明した。あとはただ、それをしてはならないと彼らに伝えるだけだった。しかし、同様に論理的な説得手段は見つから

なかった。(91)

## 5 もう一人の「私」

こうした告白は、いったい何を語っているだろうか。共犯者に対し、綿密で完璧な計画を提示した後、その遂行を阻止すること。つまり、セシルは、ぎりぎりのところで、計画を未遂に終わらせようと考えていたのだ。それはそもそも、演技あるいはゲームのようなものにすぎなかった。だが、エルザとシリルに計画を説明したとたん、セシルにはもはや、それを回避する手段がなくなってしまったのだ。彼女にも、計画を停止する考えはあった(「私はこの喜劇の黒幕であり、演出家なのだ。いつでもそれを止めることができるだろう」〔92〕/「もしも父がこの演技に引っかかりそうに見えたら、いつでもそれを中止する理由を探そう」〔93〕)。しかし、社会的な慣習や制度への苛立ちに起因すると思われるセシルの反抗心は、お芝居やゲームの域を超出し、予想だにしなかった結果を招来することになる。ゲームは勝手に進んでしまうのだ。彼女の心にも、間違いなく、不安はあったに違いない。お芝居を構想し演出した後、彼女は、深刻な上演効果が生じないこと——お芝居の失敗——を切に願っているからだ。

肝心なのは、あと三週間、何も起こらないこと。私たちはパリに帰り、エルザ

もまた帰るだろう。そして、まだそう決心していたなら、父とアンヌは結婚するだろう。（116）

しかし、セシルの不安に乗じるように、物語は衝撃的な結末を迎えてしまう。それはいったい、何故なのか。その理由の一つは、セシルが口にする「二重性」、あるいは「もう一人の〈私〉」という表現のなかに探り当てられるかもしれない。セシルの心情はある特定の状態に固着せず、相反する二つの状態の間で激しく揺れ動く。つまり、常に「内的差異＝矛盾」のようなものを抱え込んでいるのだ。それは、自分が自分から分離していく瞬間といってよいかもしれない。既に確認したように、セシルがアンヌと対立するのは、二人が心の底から憎しみ合っているからではない。物事の秩序や安定を常に重んじ、刹那的な価値観を否定しようとするアンヌに対し、セシルが維持しなければならないのは、彼女の内部に芽生え、揺動を与え続ける、活発で不安定な「二重性」なのだ。物事が停止することを嫌うセシルにとって、それは多分、生命線とさえいえるだろう。アンヌのさり気ない指摘にも、セシルのそうした感性は的確に示されている（「あなたは優しい娘さんね。ときどき、うんざりさせられるけど」〔47〕）。「動じるもの」対「動じないもの」、「変化するもの」対「変化しないもの」。セシルとアンヌの物語は、概《おおむ》ねそうしたイメージで語り得るのではないだろうか。意識的なのか、無意識的なのかが判然としない場合もあるが、セシルの両面感情的な心の動きを示す表現は、テクストの至る所に「散種」されている。そして、それらは、いうまでもなく、先に指摘した「同時に」という言い回しと、深く関わっている。参考までに、さらに二つほど例を確認しておくとしよう。

したがって、父とアンヌは後悔に苛《さいな》まれたまま、私に気遣いと優しさを示してくれた。私には最初、それが我慢ならなかったが、直ぐに心地よくなった。（96）

私のなかに、思わず勝利の感情が沸き上がった。だが、アンヌの目尻にある小さなしわや、口もとの浅いしわを目にしたとき、私はそれを後悔した。（98）

二重性を秘めたセシルの感情は、対人関係においても炸裂する。アンヌに関してはいうまでもないが、共犯者のような父親、そして「計画」の共謀者たるエルザやシリルに対してさえ、「もう一人の〈私〉」が立ち現われ、非難や自己撞着めいた言葉を口にするのだ。父への反発は、すべてアンヌがらみの理由で生じる（「その瞬間、私はアンヌと父を激しく憎んでいた」〔52〕／「私は父を見つめ、思った。〈パパはもう以前みたいに私を愛していないじゃない。私を裏切っているじゃない〉」〔66〕）。常日頃は気が合う相手と考えているエルザについても、感情的な二重性は常に付きまとう。セシルには、アンヌとの比較でエルザを見下すことがよくあるのだ。そして、そうした両極的な感情は、「計画」が動き出してしまったとき、決定的な形で爆発することになる。

「どうして笑うの？　私〔エルザ〕、行くべき？」

私は危うく、私にはそんなこと関係ないでしょう、と言いそうになった。そして、彼女が私を、彼女の策略が成功するか否かの責任者と見なしていることに気がついた。是非はともかく、私は苛々させられた。

私は追い詰められたと感じていた。

「分からないわ、エルザ。あなた次第じゃないの。自分がしなければならないことを、いちいち私に尋ねないで。私があなたを唆《そそのか》しているように思われるわ……」

「でも、あなたよ」と、彼女は言った。「だって、あなたのお陰で……」

彼女の感嘆するような口調に、私は突然恐怖を覚えていた。

「行きたければ、どうぞ。でも、そうしたことはもう二度と口にしないで、お願いだから！」

「でも、あの女〔アンヌ〕から彼〔レイモン〕を引き離さないと……セシル！」

私は逃げ出した。父は好きなようにすればいいし、アンヌは何とか切り抜ければいいのだ。(141-142)

最後はもう、破れかぶれだ。良好だったエルザとの関係は、結局これで、完全に崩壊する。そして、恋人だったシリルに対する感情も、同様な変化を辿《たど》る。彼から、「君と結婚したい」(89) と告白された彼女は、何故か突然狼狽《ろうばい》し(「私は一瞬、パニックに襲われた」〔89〕)、慌てて適当な言葉を探そうとするが、押し寄せてきたのは、結婚したくないという強い感情にすぎなかった(「私は彼を愛していた。でも、彼とは結婚したくなかった」〔89〕)。そして、その気持ちは最後に、愛していたことの否定にまで突き進む(「私は彼を見つめた。彼を愛したことは一度もなかった」〔150〕)。

セシルに特徴的なこうした変化・変貌の動きは、まさに彼女が自己を規定する際に用いた、あの「とんでもない(incroyable)」という形容詞のなかに潜在している。彼女が自分を「とんでもない」とアピールするとき、そこには多分、対立的な二つの意味が混在している。「信じられない」と訳されることが多いこの形容詞の内部では、肯定的な意味と否定的な意味が常に交差しているのだ。一つは「信じられないほど素晴らしい」、そしてもう一つは「信じられないほど酷《ひど》い」。つまり、セシルはこの形容詞を使用することで、自身のなかに潜む「二重性」を行為遂行的に上演しているのかもしれない。私の二重性は、私の生命だと言わんばかりに。

そうしたセシルにとって、常に変わりなく毅然としているアンヌは、「信じられないほど素晴らしい」存在だったに相違ない。それは、彼女が事あるごとに発するアンヌへの称賛の言葉からも、十分に窺い知ることができる。「私は自分が嫌いだった」「信じられないほど酷い」ものは露ほども見当たらない。つまり、セシルの目にするアンヌは、「もう一人の〈私〉」などに左右されない、堅固で安定した精神の持ち主だったということだ。

父娘の別荘にやってきた女性がアンヌと異なる資質の持ち主ならば、物語はまったく別の展開を見せたことだろう。極端なことをいえば、読者が今読んでいる形の『悲しみよこんにちは』というテクストは、存在しなかったということだ。この物語は、不安定な心の動きを呈するセシルと、厳格な指針のもとに、家庭や人生をぶれなく管理しようとするアンヌとの遭遇・衝突によって生み出されたのだ。家族内に不動の秩序を持ち込もうとする、こうしたアンヌの存在は、厄介であると同時に、不可欠でもある。つまり、主人公でも語り手でもあるセシルにとって、アンヌの役割は物語論的にも重要だということだ。セシルが語るこの物語は、二人の間に展開される「二重性」のテクストとしても構成・構想されているからだ（アンヌの存在が「厄介であると同時に、不可欠でもある」というのは、そういう意味である）。アンヌがもし、直ぐに折れるような不安定な人物なら、この物語はたちまち終焉を迎えることになっただろう。物語が展開していくためには、アンヌの性格はずっと強固のまま維持されなければならない。そして、それはまた、相手の「妥協」を決して許さないセシルの望みでもあったに違いない。「私は、終結＝大団円が大嫌いだ」（141）と豪語する彼女は、常に毅然としたアンヌを想定していたのだ。

しかし、いくら知性的で平然としたアンヌであっても、人間であることに変わりはない。セシルのなかに頻繁に立ち現われる「もう一人の〈私〉」のように、アンヌのなかにも、それは確実に伏在している。父娘の家族内に我が居所を確保した彼女は、持ち前の強さを発揮しながら、平穏な時を過ごしていた。彼女はそのとき、自分の「二重性」が白日のもとに晒され、大混乱を味わうことになろうとは、夢にも考えていなかっただろう。だが、セシルはそうした事態を招来するための準備を、既に終えていた。大混乱が生じれば、アンヌとのことは、すべて終結してしまうかもしれない。それはアンヌの不幸を引き起こすだけでなく、彼女に抵抗するという「楽しみ」にも似た気持ちを、永遠にセシルから奪い去ることになるだろう。だが、もはや後戻りはできない。「大団円」は、今まさにが到来しようとしていたのだ。

アンヌは実際、それまで見たことがないほど幸福に近く、利己的な私たちの手に委ねられながらも、私たちの粗暴な欲望からも、私の下劣な小細工からも遠いところにいた。私はそれをとても当てにしていた。彼女の超然とした態度や誇り高さが、父とより親密になるためのあらゆる駆け引きや、美しさや知性や優しさとは無縁の媚《こび》から、本能的に彼女を引き離していた。私は今、少しずつ彼女に同情を感じている。（140）

結局のところ、セシルの小細工は成功するが、結果は決して後味の良いものではなかった。気丈だったはずのアンヌが取り乱す姿を、セシルが目撃する場面は、この物語のハイライトシーンの一つといっても、おそらく過言ではないだろう。セシルはそのとき、アンヌという堅固で知的な女性の内に伏在する「二重性」――もしくは、「もう一人の〈私＝彼女〉」――を、初めて鮮烈に目の当たりにすることになるからである。

セシル、シリル、エルザの三人で仕組んだお芝居は、互いの間に生じた微妙な葛藤にもかかわらず、まるで一人歩きでもするように幕を開けてしまう。父レイモンが、エルザと密会するため、こっそり村に出かけたのが、お芝居の開始を告げる合図となった。セシルは、そんな父を黙って見送った後、一人で泳ごうと浜辺に向かう。そして二時間後、テラスに戻り、新聞に目をやろうとした。突然アンヌが現れたのは、まさにそのときだった。彼女は、あの毅然として知性的な女性とは、まったく別人だった。取り乱した様子で走っていく彼女の姿は、まるで「老女」そのものだったのだ。

アンヌが現れたのは、そのときだった。彼女は林の方からやってきた。両肘《ひじ》を身体につけ、ぎこちなく、不器用そうに走っていた。走っているのは老女で、今にも転びそう。無遠慮ながら、私は直ちにそう感じた。私は仰天したままだった。彼女は家の裏手にあるガレージの方に消えた。咄嗟《とっさ》に事情を察した私も、彼女に追いつこうと走り出した。（143）

セシルとしては、アンヌをそこまで惨《むご》い状況に追い遣るとは、考えてなかったに違いない。セシルがそれまで接してきたアンヌは、何があろうと、毅然として動じない、理知的な女性だったはずだからである。だから、突如、彼女の内から出現した別の顔――「もう一人の〈私 ＝彼女〉」――と向き合わされたとき、セシルは言いようのない驚愕を覚えるとともに、深刻な後悔の念に囚われることになる。それは既に見慣れていた彼女ではなく、「他者」としての彼女と立ち会う、最初にして最後の機会だったのだ。「もう一人の〈私〉」を抱えて生きるのは、なにもセシルだけではない。人間は誰もが皆、それぞれの「二重性」を内部に潜在させながら、日々をやり過ごしているのだ。セシルが走り出したとき、アンヌは既に車に乗り、エンジンをかけていた。セシルはもう留まることを知らなかった。そのまま、アンヌの車に突進したのだ。アンヌは今にも車を出そうとしていた。すると、セシルの口から突然、意外とも思える言葉が発せられる。

「アンヌ」と、私は言った。「アンヌ、行かないで。これは間違いなの、私の過ちなの、今あなたに説明するから……」
「……」
「アンヌ、私たちにはあなたが必要なの!」(144)。

まさに、それまでの彼女なら、決して口にしなかった言葉だろう。しかし、それは疑いもなく、セシルの感情を素直に伝える心の叫びだった。もはや、お芝居などではなかったのだ。彼女はその瞬間、アンヌも自分たちと同じ人間であることに気づかされる。常に自身の方針を着実に貫き、すべてを無難に処理しようとしていた理知的な女性。そんな彼女が今、老女のような様子で、狼狽した態度を曝け出している。そして、彼女をそう仕向けてしまったのは、他の誰でもない。まさに、一七歳のセシルだったのだ。アンヌはレイモンとセシルと三人で、彼女の理想的な家族を築きたいと考えた。彼女の望みは、ただそれだけだったのだ。父娘の前では常に毅然とした態度を示し、彼らには決して弱みを見せなかった彼女も、そうした相貌の裏側で、「もう一人の自分」を懸命に抑え込みながら生きていた。それはおそらく、すべての人間がその内に抱え込む「弱さ」のようなものだったに違いない。彼女もまた、セシルが想像していたような、完璧で強固な存在ではなかったのだ。こうしたセシルの発見は、その後の彼女の人生に、必ずや大きな影響を及ぼすことになるだろう。「アンヌ、私たちにはあなたが必要なの！」と必死で訴えた彼女の直後の述懐からも、それは十二分に推測することができる。

> すると、アンヌは顔を引きつらせながら、姿勢を正した。彼女は泣いていた。私は観念的な存在などではなく、感受性の強い生身の人間を攻撃してしまったのだと、そのとき突然理解した。彼女は、少しはにかみ屋の女の子だったろう。そして、思春期の少女になり、女性になった。四〇歳になり、独り身だった。一人の男性を愛し、その人とあと一〇年、もしかしたらあと二〇年、幸せでいたいと望んだ。それなのに私は……この顔、この顔を、作り出してしまったのだ。私は茫然と立ちすくんだまま、車のドアに身体を押しあて、全身で震えていた。（144）

この後の展開については、今さら多くを語る必要はないだろう。お芝居、そして半ばゲームのようにして開始されたセシルの計画は、アンヌの死によって幕を閉じられることになったのだ。それは言うまでもなく、セシルの目的を完全に逸脱するものだった。皮肉にも、アンヌが出ていったあと、セシルが呟く「多分、もう彼女には会えないわね……」(146)という言葉は、文字どおり現実と化してしまった。事故の知らせが届いたのは、夜の一〇時だった。しばらく前には、まるで一家のハンドルを握るかのように車を運転していたあのアンヌが、その同じ車で、五〇メートル下の崖下に転落したという。無論、即死だったに違いない。

だが、セシルには、こうした悲劇に直面してもなお、アンヌが自殺した可能性を認めることができない。対抗心を抱いて立ち向かった相手は、何が起きようと、自分より強い存在でなければならなかったからだろう。たとえ別荘を去るときのアンヌの表情を目撃していても、彼女には最後まで毅然とした、頼りになる女性であることを望んだに相違ない。馬に乗るとき、セシルを守ってくれる「手綱」や「轡《くつわ》」(146)のように。セシルは結局、一つの想像を巡らせることになる。

そこで私は考えた。アンヌは死によって——またも——、私たちより優れていることを示したのだ。〔……〕だが、アンヌは私たちにあの豪華な贈り物をしてくれた。彼女の死を、事故かもしれないと思わせる大きな可能性だ。危険な場所、車の不安定さ。私たちは弱さのあまり、直ちにそうした贈り物を受け取ることになるだろう。(150)

しかしながら、セシルはやはり、一つの心情に長く留まるような性格ではない。「〔……〕彼女〔アンヌ〕が走り去る前に見せた動転した顔の記憶にも、彼女の悲しみや私の責任という思いにも、長い間、耐えられそうになかった」(146)と言うセシルだが、アンヌの葬儀のときには既に、父娘の「共同体」のなかで、彼女本来の姿に立ち返っているのだ。事故死の真相に関する思いや、アンヌの死に対する反応には、どこか不自然で不謹慎な印象さえ感じられる。

周囲の人たちは、この愚かでおぞましい出来事を嘆いていた。そして、私はそれが事故死であることに、まだ少し疑いを感じていたので、それを嬉しく思うのだった。(152)

私は考えた。〈パパにはもう私しかいない。私にはもうパパしかいない。私たちは二人きりで不幸なのだ〉。そして、私たちは初めて泣いた。それは十分に

心地よい涙だった〔……〕
〔……〕
ひと月の間、私たちは二人で、妻を亡くした夫、母を亡くした娘のように暮らした〔……〕（153）

状況はこうして、すべて振り出しに戻される。アンヌのように、つべこべ言う者はもう誰一人いない。自由奔放な父娘の「共同体」生活は、何もなかったかのように、直ぐまた開始される。物語は結局、二人の享楽的な生き方を応援するかのような形で、終幕を迎えるのだ。

そしてある日、私は女友だちの家で、彼女の従兄弟の一人と出会った。私は彼を気に入ったし、彼も私を気に入った。私は一週間の間、恋愛が始まるときの浮かれた気分で頻繁に彼と外出したし、孤独に向いていない父もまた私と同じように、かなり野心的な一人の女性と外出するようになった。まるで予測されていたみたいに、また以前のような生活が始まった。父と私は、顔を合わせると一緒に笑い、手に入れた相手の話をする。〔……〕でも、私たちは幸せだ。冬も終わりに近づいている。私たちはもう、あの同じ別荘ではなく、ジュアン＝レ＝パンの近くにある違う別荘を借りることになるだろう。（153-154）

束の間ながらも共に生活し、「第二の母」になるはずだった女性が死亡しても、少し時間が経てば、二人の生活はまた元の状態に復帰する。母親不在の状況は、今後もまた続いていくだろう。レイモンとセシルのその後に関しては、ほとんど何も語られてはいないが、二人の「共同体」が崩壊する兆しは露ほども感じられない。彼らの行く末については誰もが興味津々《しんしん》だが、その結末は明かされていない。それは、読者一人一人の自由な想像に、すべて委ねられているのだ。

# 6

# 反抗と同調の論理

## ——アンヌの平手打ち

最初は、お芝居やゲームのようなものとして仕掛けられたはずだったとしても、対立・抵抗という心の動きは、いつの間にか加速化し、気づいたときにはもう、誰も止められないほど肥大化してしまっている。この物語で繰り広げられるセシルとアンヌの心理合戦にも、まさにそうした様相が強く見て取れる。他の諸感情と同じく、対立心や抵抗心は極めて屈折した情念から生じ、ときとして、予想だにしなかった事態を引き起こすのだ。

だが、先ず指摘しておかなければならないのは、ある人物の言動が気に入らないとしても、誰もが皆、対立・抵抗の対象になるわけではないということだ。セシルとアンヌの場合、それは最初から一目瞭然と思われる。セシルは決して、アンヌを真剣に恨んだり、憎んだりしてはいないからだ。では、アンヌがセシルの対立相手になってしまった要因は、いったいどこにあるのだろうか。

そこには、一つの絶対的条件のようなものが潜んでいるように思える。それは何か。それはおそらく、相手にそなわる「器量」とでも称すべき資質だろう。人は誰かと対立・対抗する際、相手の能力や才能、すなわち、長所・美点を見極めつつ行動を開始する。女性同士が対立する場合には、容姿やスタイルの問題が関係してくることもあるだろう（アンヌも無論、そうした問題と深く関わっている）。相手に自分より優れた資質が見出せないとき、人ははたして、その相手と真剣に対峙しようとするだろうか。相手を見下し、一時的で浮薄な敵対関係を醸し出すだけなら、それは単なる「苛《いじ》め」や益のない行動と化してしまうだろう。セシルがアンヌに対抗意識を強く感じるのは、すべての点で、彼女が自分よりはるかに優れていることを思い知らされているからだ。もしもアンヌが、際立った資質を感じさせない平凡な女性だったなら、セシルは彼女にも、またその言動にも、特別の興味・関心を寄せることはなかっただろう。アンヌが、ある日突然、夏の別荘に姿を現わす以前から、セシルは既に彼女の優れた人となりを十分すぎるほどよく弁《わきま》えていた。彼女こそまさに、対立意欲を呼び覚ます格好の欲望媒体、つまり、よく「見合った相手」だったのだ。

対立・抵抗というのは極めて複雑微妙な精神作用であり、A対Bのような単純で明快な二項対立図式によって語り尽くされるようなものではない。

対立していると感じる相手をどうでもよい存在と考えているなら、敢えて自ら行動に出る必要などないだろう。放っておけばよいだけの話だ。真剣な対立心を生じさせるのは、相手との考え方の違いとか、生理的な嫌悪感などといったものではない。逆説的な言い方になるかもしれないが、そこには必ず、相手を自分より優れた存在と見なすような心的機制が働いていなくてはならないのだ。アンヌが別荘に来るまで父の愛人だった二九歳のエルザに対し、セシルがまったく対抗心を覚えないのはそのためである。彼女にとっては、エルザの知性や能力など、ほぼ皆無に等しい。最初から張り合う必要はないのだ。

それに対し、アンヌはエルザの、いわば対極に位置する存在として登場する。父の歴代の愛人たちとは極めて風趣の異なる女性が、突如セシルの前に出現したのだ。しかも、彼女はレイモンのもとに戻る前のセシルをよく知っている。勉学のことも含め、過去のセシルの生活状況を、おそらく誰よりも正確に把握しているのだ。セシルが、彼女の出現に驚愕したのは当然と言えば当然である。アンヌは、申し分のない知性と能力をそなえた、謹厳実直な女性であるだけでなく、セシルの人となりについて、既に多くのことを知り尽くしていたからだ。普通であれば、セシルとアンヌの対立は瞬時に終局を迎えていたのかもしれない。相手より優れ、最初から有利な立場にいたのは、明らかにアンヌの方だったからである。

しかしながら、二人の対立はそう簡単には終わらない。その理由は言うまでもなく、セシルの内に潜むあの「二重性」と、お芝居を演出する際に発揮される巧妙な能力だ。セシルの内に伏在し、彼女の情念を柔軟に突き動かす「もう一人の〈私 ＝彼女〉」は、ほとんど切り崩す隙《すき》がないと思えるアンヌの心情を辛抱強く観察し、それを徐々に揺るがせる。それは、容易《たやす》く完遂されることではない。予想もしなかったアンヌの事故死により、物語には永久に不穏さと悲しさの空気が寄り添うことになるが、結果的に見れば、二人の対立は――まさに、セシルが第一部の終わりで予測していたように(「このとき、私が同情していたのは、既にアンヌだったのだ。まるで、自分が彼女に勝つことを確信していたかのように」〔67〕)――、彼女の勝利によって解消されることになるのだ。

セシルが、分厚い障壁ともいうべきアンヌの情念に空隙を穿《うが》ち得たのは、そうした情念とただ悪戯に対峙し続けるのではなく、自らの「演技」と認識しつつも、アンヌの「正しさ」を幾度となく受け入れ、理知的で揺るぎない意志を持つ彼女を、内心、高く評価していたからに相違ない。能力に優れた欠点のない相手と向かい合う場合、決して無視してはならないのは、まさにそうした相手側の「器量」なのだ。それは、読むに値する躍動感溢れる「対立譚《たん》」を生成する際、決して忘れてはならない観点の一つと言ってよいかもしれない。

セシルはアンヌと対立するという姿勢を最後まで保ち続けるが、彼女の人柄や才能を評価していないわけではない。むしろ、彼女の秀でた知性や優れた資質を認め、ときには、自分も彼女のようになりたいと考えることもある。つまり、この物語の均衡は、そのようなセシルの姿勢とアンヌの「優位性」によって、危うく維持されているように見えるのだ。アンヌ四二歳、セシル一七歳という年齢差も、重要な要素に違いない。そこにはどうしても、アンヌが相手をリードしなければならない状況が多々生じるからだ。この物語では、一つのキーワードのように、「影響」という言葉が使用されるが、アンヌとセシルの関係は、すべてこの言葉に集約されていると思われる。相手に影響を与えるというのは、「優位性」をいかにして守り続けるかという問題に帰着するからだ。セシルは最初から、自分に優位性がないことを承知している（「この点、私はアンヌより影響を受けやすかったに違いない〔……〕」〔38〕）。そして、その事実を半ば揶揄《やゆ》的に確認するように、アンヌに対し挑発的な質問を投げかける。


「アンヌ」と、私は突然言った。「私って頭がいい（intelligente）と思う？」

彼女は私の不躾《ぶしつけ》な質問に驚いて、笑い出した。

「もちろんでしょう、まったく！　どうして、そんなことを聞くの？」

「もし私が馬鹿でも、あなたは同じように答えたわね」と、私はため息をついた。「私にはしばしば、あなたが及びもつかない人のように思えるわ」

「それは年齢の問題だわ」と、彼女は言った。「あなたより多少自信がないと、とても困ったことになるでしょう。あなたが私に影響を与えてしまうから！」

彼女は大笑いした。私は傷つけられたような気がした。

「必ずしも、それが悪いとは限らないでしょう」

「大変なことになるわ」と、彼女は言った。(129)


セシルのこの問いかけは、彼女の知的能力をアンヌがどう評価しているかについて探りを入れるものと考えられるが、セシルが油断ならない存在であることを、アンヌは確実に見抜いている。それは、陽気さを装ってはいるものの、彼女が何気なく発する「影響を与える」という言葉によく現われている。「〔……〕物事に輪郭を与え、言葉に意味を与えると〔……〕」(19) 語られているこの女性は、セシルが口にした質問の意味を正確に読み取り、彼女を冗談口調で牽制しているといえるだろう。アンヌは疑いなく「及びもつかない人」であり、今のセシルには対処できないような能力をそなえた相手なのだ。セシルはそうしたアンヌに苛立ちを覚えながらも、彼女の存在を無視することができない。今後は彼女の知性と力量を信頼し、それに助けを求める必要があるかもしれないからだ。そうしたセシルの思惑を、敏感に感じ取ったのだろうか。アンヌは、助け舟を出すように、身持ちの悪いレイモンの友人ウェッブ(Webb)のことを突然話題にする(「ウェッブみたいな男の人たちが、最後にはどうなるかご存じ？」〔130〕）。セシルがそのとき考えたのは、父レイモンのことだった（「私は心のなかで、〈父もよね〉と考えた」〔130〕）。それは、先のことなど何一つ考えずに生きてきたセシルにとって、思いもよらぬ盲点だった。ウェッブもレイモンも確実に老いていくのだ。彼女はこのとき、アンヌの担う存在価値の重大さを、衝撃的な思いで受け止めたに違いない。

「かわいそうなウェッブ！」と、私は言った。
私はどうしていいか分からなかった。それが父を脅かしている末路なのだ。それは確かだった！　少なくとも、アンヌが父の世話を引き受けなければ。（130）

そうした将来の状況を考えるなら、たとえ性格の合わないところはあっても、アンヌの知性と力量は欠かすことのできない支えとなったはずだ。セシルは実際、その点について、「〔……〕私が本当に苦しんでいたなら、〔アンヌ〕以上の支えを得ることはできなかっただろう」（97）と述懐している。アンヌはいかなる点に関しても、年若いセシルを圧倒するほどの知性と能力をそなえていた。セシルが、そんな彼女と対等に張り合うのは、どう見ても不可能だったに違いない。どれほど強力な対抗心や反抗心を発揮したところで、相手は文字どおり「及びもつかない人」だったのだ。かつて彼女と一緒に暮らしていたセシルは、アンヌのそうした資質を十分に理解していた。しかしそんな彼女にとってさえ、彼女は強敵すぎたのだ（〔……〕父の女友だちのなかで、アンヌとの比較に長く耐えられる人など、私には見当もつかなかった」〔126〕）。

二人の対立にはかなり深い理由があるが、それはほぼ、セシル側からの不満表明という形で言説化されている。相手方のアンヌには、超然とした姿勢を崩そうとする気は一切なかったからだ。セシルの不満表明の例を――参考程度の範囲で――幾つか挙げておくとしよう。

彼女はあらゆる行きすぎを軽蔑するように、気晴らしや、くだらない物事に現《うつつ》を抜かす父と私を、少し軽蔑していたのではないかと思う。（16）

〔……〕アンヌが到着したら、心ゆくまで寛《くつろ》ぐことはもう不可能だろうと察していた。（19）

アンヌの落ち着きぶりは、いつにも増して、彼女を攻撃的で煩《わずら》わしい存在と感じさせた。（126）

それでも、三〇歳になったときの自分は、アンヌより、私たちの友人たちに似ているだろうと思い描いていた。彼女の物静かさ、超然とした態度、慎み深さは、私の息を詰まらせるだろう。（127）

こうしたセシルの言明には、アンヌへの反発心や対抗心が鮮明に現われていると同時に、彼女に対する敬意、称賛、信頼のようなものが常に見え隠れしている。セシルがどう足掻《あが》こうと、アンヌの優位性を切り崩すのは至難の業《わざ》だったのだ。アンヌは、セシルが出会った、おそらく人生最強の女性であり、ひたすら抵抗しているだけでは、何の活路も見出せない相手だったに違いない。アンヌに関するセシルの言説は、反抗しつつも称賛するという、両面価値的な表現によって覆われていく。まさに、セシルの「二重性」が発揮される瞬間だ。

彼女は四二歳。とても魅力的で人気があって、誇り高くも、うっすらと疲れの漂う、超然とした美しい顔立ちの女性だった。この冷淡さだけが、彼女を非難できる唯一の欠点だった。愛想はいいが、上の空。揺るぎない意志と、人を威圧するような静けさが、彼女のあらゆるところに現われていた。（16）

私はアンヌの厳しい顔、私を落ち着かせる（rassurants）顔を、すべて思い

出そうとした。皮肉、余裕、威厳。(23)

彼女〔アンヌ〕の断言の簡潔で決定的なところが、私を魅惑した。ある言い回しには、私にとって知的で繊細な雰囲気があり、完全に理解できなくても、私はそれに魅了された。(25)

〔……〕見ると、アンヌが新聞をめくっていた。私は、彼女が軽く、だが完璧にお化粧しているのに気づいた。彼女が、本当のヴァカンスに身を委ねることは決してなかったに違いない。(30)

このように、同じ屋根の下で暮らす対立者たちは、どちらかが折れる――あるいは折れるフリをする――ことで、危うい関係を維持しようとする。ここから先は、いわば一種の心理作戦のようなものと考えてよいだろう。ある日、エルザとレイモンが昼寝をするため寝室に引き上げたとき、セシルはアンヌに対して下品な仄《ほの》めかしをするが、それが得策でなかったと判断した彼女は、相手を慰めようと考える。だが、人間、そう容易《たやす》く変われるものではない。慰めようとした瞬間、彼女の心を過《よぎ》ったのは、極めて冷笑的な(cyniques)考えに他ならなかったからだ。

彼女を慰めようとしたとき、冷笑的な考えが頭に浮かんだ。それは、私が抱き得るすべての冷笑的な考えと同様、私を有頂天にさせた。それは私に一種の自信、自分自身との陶然とした共犯性のようなものを与えてくれた。（39）

セシルは結果的に、間の悪い仄めかしをさらに繰り返し、アンヌの気持ちを害すると同時に、自らもかっとなってしまう。だが、相手の苛立ちを目にした彼女は、「ごめんなさい。冗談でそう言ったの」（39）と口にし、「直ちにアンヌに謝る」（40）。意図的か否かは定かでないが、それはセシルがアンヌに見せた、最初の「妥協（compromissions）」的仕草だったのかもしれない。瞬時にいつもの冷静さを取り戻したアンヌは、この後、セシルとは異なる自らの恋愛観を彼女に語って聞かせる。この場面には、セシルがアンヌに求めている正直な気持ちと、相手の圧倒的な優位性に思い至ったときの絶望感のようなものが、鮮烈に表現されている。「あなたには理解できない、いろいろなもの」（40）という含蓄ある表現で話を切り上げたアンヌは、片手で曖昧な身振りを示すと、傍らにあった新聞を手に取った。その瞬間の心情を、セシルはこう述べている。

私は、彼女が怒り出すことを望んだだろう。愛の感情について欠けたところのある私の前では、あの諦め切ったような、超然とした態度は崩してほしかったのだ。私は、彼女が正しいと思った。私は相手の思うままに、動物のように生きていた。私は哀れで弱かった。私は自分を軽蔑していた。それは私にとって、恐ろしいほど苦痛だった〔……〕(40)

アンヌの泰然とした姿勢をどうしても切り崩せないでいたセシルは、ある日、エルザに対する父親とアンヌの振る舞いに激怒し、下品な言葉を浴びせかける。このときの彼女には、心理作戦を仕掛けるといった意図は、ほとんどなかっただろう。それはお芝居などではなく、真剣な怒りの爆発だったのだ(「私は怒りに震えていた〔……〕」〔50〕)。だが、アンヌはセシルの言葉に対して嫌気のさした表情を浮かべるばかりだし、レイモンもまた、娘を無視する様子で、アンヌに微笑みかけるだけだった。セシルの怒りは、瞬時に限界に達する。彼女が次に発したのは、極めて直接的で猥雑《わいざつ》な言葉だった。しかし、それにもまして衝撃的なのは、アンヌの即座の反応だったに違いない。

「私は……私は彼女〔エルザ〕にこう言えばいいわけ? 父は一緒に寝る別のご婦人を見つけたので、あなたはまたどうぞって。そうなのね?」
父の怒声と、アンヌの平手打ちが同時に飛んできた。私は慌てて、ドアから

顔を引いた。痛かった。（51）

ハイライトシーンの一つともいえるこのエピソードでは、両者の複雑微妙な心理が揺動的に交錯している。茫然自失の体で、ドアの横に立ちつくすセシル。一瞬の怒りを難なく静め、セシルに優し気な声をかけるアンヌ。そしてさらには、レイモンの一言。彼が「謝りなさい」（51）と言ったのは、父親として当然の態度だったといえよう。注目すべきは、穏やかに、そして何もなかったようにセシルに対応するアンヌの姿だ。

「ここにいらっしゃい」と、アンヌが言った。
彼女に脅迫的な様子はなかった。私は彼女に近づいた。彼女は片手を私の頬に置き、穏やかにゆっくりと話した。私が少し馬鹿であるみたいに。（51）

セシルの暴言と、アンヌの平手打ち。そして、その諍《いさか》いを冷静に収めようとするアンヌの挙措。そこには、穏やかな和解が成立しているようにも見える。アンヌの揺るぎない優位性の確立とともに。だが、事はそう単純ではない。「高貴な態度を思いつくのは、私の場合、いつも遅すぎる」（51）と述懐するセシルは、「痛かった？」（51）というアンヌの巧妙ともいえる甘言に、「そんなことはありません」（51）と礼儀正しく答えるからだ。彼女のこの態度には、明らかにあの「二重性」が潜んでいる。

私は、この突然の優しさと、先ほど発してしまった過剰な暴言のため、泣きたくなっていた。

〔……〕

私は、二人が車で走り去るの見つめた。私は自分がすっかり空っぽだと感じていた。唯一の慰めは、私自身の〔エルザに対する〕思いやりの考えだけだった。（51）

セシルはアンヌの平手打ちに屈し、素直に謝罪したかに見える。だが、実はそうではない。彼女の怒りは、ますます激高していたのだ。「謝りなさい」という父の一言が、彼女の不満を助長したのも確かだろう。一瞬とはいえ、レイモンはそのとき、娘との「共同体」から離脱し、アンヌとの「共同体」を現出させていたからだ。セシルの怒りは収まらない（「その瞬間、私はアンヌと父を激しく憎んでいた」（52））。「すべてが終わったわけではないわ、エルザ」（52）という宣戦布告とも取れる言葉にも、必死に悔しさを噛みしめ、直ぐにでも「計画」に着手しようとする強烈な熱意のようなものを感じることができる。

超然としたアンヌに抗しセシルが選んだ手段は、相手からの屈辱的な振る舞いを、いわば逆向きに利用することだったのかもしれない。四二歳の沈着冷静な女性が思わず引き起こしてしまった、「平手打ち」という暴力。それはまさに、超然としたアンヌには相応しくない行為だったに違いない。彼女にしてみれば、ただ単に厳格な態度を表明しようとしただけなのかもしれない。だが、それは同時に、持ち前の冷静さを失い、セシルに暴力を加えるという失態を演じることに他ならなかったのだ。不安定な感情に訴えることなく、物事を厳正に処置すること。それこそがアンヌの生活指針であり、厳守すべき掟のようなものだったはずだ。だが、彼女は一撃の「平手打ち」により、それをあっけなく無に帰してしまう。それまで超然としていたアンヌのイメージが、セシル――そして、読者――の面前で揺らぎ始める瞬間といえるかもしれない。セシルがそれを明確に意識したかどうかは分からない。しかし、そのとき覚えたアンヌと父への憎しみ、エルザに向かって発せられた「すべてが終わったわけではないわ」という言葉には、アンヌの「弱み」を目撃したかもしれない彼女の気持ちが、透けて見えるような気もする。

この出来事を境に、セシルの言動はその「二重性」をさらに色濃くしていく。相手を観察しながら、押したり引いたりの態度を繰り返し、自らの「妥協」をいわば欺瞞的に演出しようとするのだ。そうして演出されるる妥協的態度が、今度はアンヌの「妥協」を引き寄せることになるのは、もはや時間の問題といえるだろう。二人は対立し合いながらも、どこかで次第に接近し合っていくのだ。

そのようなとき、アンヌはセシルに向かって、意外な言葉を投げかける。苦手な相手に対して、軽い冗談を囁くように。それは多分、護りの堅い彼女が口にした、初めての告白だった。だが、互いに探りを入れようとする遣り取りは、その内容にもかかわらず、予想外に穏やかだった。


「私、あなたが少し怖かったの」と、アンヌが言った。

「どうして?」と、私は尋ねた。

〔……〕

「あなたが私を怖がらないのではないかと、心配していたの」と言って、彼女は笑い出した。

私もまた、笑い出した。実は、私は彼女が少し怖かったのだ。彼女の言葉は、それを承知していたこと、そしてそれが不要だったことを、同時に私に伝えていた。(56-57)

アンヌの思わぬ言葉から始まるこの一節は、互いに牽制し合ってきた二人が、「恐怖」という共通感情を確認し、折り合い——すなわち、「妥協」——を見出す場面になるはずだった。先に言葉を発したアンヌは、明らかにそう予測していたに違いない。セシルも強調するように、アンヌは「〔……〕打算とは無縁だった」（62）からである。

一方、セシルは、彼女よりはるかに狡知に長《た》けている。この場面の少し後、手を握り、「妥協」を促そうとする相手に対し、彼女は穏やかに自身の手を引っ込めてしまうのだ。セシルの感情や態度は複雑で、矛盾としか思えない言動に及ぶこともある。彼女特有のあの「二重性」だ。だが、既に指摘したように、それはセシルが選んだ巧妙な戦略とも一体化している。心のなかではアンヌへの対抗心を執拗に掻き立てながら、状況に応じ同調的な姿勢を絶妙に演出しようとするからだ。アンヌについては、「〔……〕彼女は私たちから、あらゆるものを盗もうとしている、〈美しい蛇のように〉」（73）と述べている。しかし、彼女はその直後、自分に向かい、次のような言葉を吐き出すのだ。

美しい蛇……美しい蛇！　と、私は繰り返していた。彼女は私にパンを差し出していた。私は突然我に返り、〔心の内で〕自分に叫び返していた。「でも、そんなの馬鹿げているわ、それはアンヌ、知性的なアンヌ、おまえの面倒を見てくれた人。彼女の冷たさは、彼女の生活スタイル。そこには、計算なんて一つもない。超然としたその態度は、取るに足りない数多くのさもしい事柄から、彼女を護っているんだ。それは気高さの保証なのよ」。美しい蛇……私は恥ず

かしさに、青ざめるのを感じていた。彼女を見つめながら、声を潜め、私を許してと懇願していた。(73)

こうした二律背反的な情念は、セシルの内にある二つの人格を揺り動かし、戯れにも似た言動を生じさせる。まさに、お芝居やゲームが始まるときのように。彼女はこのとき既に、自身の優位性を意識していたに違いない。お芝居やゲームには、向き不向きというものがあるからだ。何事に対しても「妥協」を認めず、自らの方針を前向きに堅持しようとするアンヌ。定見のようなものはほとんどなく、そのときの気分や状況に応じて言動を決めるセシル。どちらがお芝居やゲームに向いているかは、もはや明白だろう。

とはいえ、セシルにも決して悩みがないわけではない。自らの内に二つの異なる人格を抱える彼女は、アンヌに対する態度に関し、激しい懊悩を感じなければならないからである。物語の第二部は、そうした自身の二重性に気づき、その後の行動について深慮しなければならなくなったセシルの、真剣な述懐によって開始される。

この瞬間からの記憶の鮮明さには、私も驚かされる。私は、他の人たちについても、自分自身についても、さらに注意深い意識を獲得しようとしていた。私には、生まれたときからずっと、無邪気さと安易な利己主義は十分そなわっていた。私はいつもそうして生きてきたのだ。ところが、この数日間、深く考えたり、自分の生き方を見つめなければならなくなったことで、私はかなり動揺させられた。私はあらゆる内省の苦しみ味わったが、それによっても、自分自身と折り合うことはできなかった。〈この気持ちは〉と、私は考えていた。〈アンヌに対するこの気持ちは愚かで不毛だ。彼女を父から引き離そうとする欲望が酷薄であるように〉（71）

だが、彼女はこうした内省をいくら積み重ねても、それまでの心情や方針を手放すことができない。彼女の言うように、「自分自身と折り合うこと」は、おそらく永久に不可能なのだ（「しかし、何故結局、自分をそんなふうに裁くんだろう？　私には、私として単純に、身の回りで起きていることを感じる自由があったのではないか？」〔71〕）。たとえアンヌの立場が理解できたとしても、彼女はどうしてもそれとすんなり歩調を合わせることができない。結局は、彼女の好きな「自由」という言葉を担保に、アンヌに対立する自分と彼女に同調する自分の間で、不安定な揺動を繰り返す他ないのだ。そうした彼女の揺動は、「謝る」という象徴的な仕草を伴って現われる。アンヌを「美しい蛇」に譬えたとき、「声を潜め、私を許してと懇願」したように、セシルは手段に窮した際、対抗相手であるはずの彼女に対し、決まり文句のように謝罪の言葉を口にしようとするのだ。一つだけ事例を挙げておこう。ある晩、セシルとアンヌは勉強のことで言い争いになる。すると、気を悪くしたアンヌはセシルを部屋に閉じ込め、鍵をかけてしまう。アンヌの突然の行動に、セシルはパニックを来《きた》すほど動転し、開かないドアに体当たりする。あの「平手打ち」のエピソードにも匹敵する、迫力溢れる場面だ。だが、やがてドアを開け、入ってきたレイモンに対し、彼女はこう言うのだ。「私が失敬だったわ。アンヌに謝ります」(107)。そして、セシルは直ちにそれを実行する。

私は少しも気詰まりを覚えることなく、アンヌに謝った。彼女は、謝罪など要らないし、言い争いの原因はきっと暑さだったんでしょう、と私に言った。私は自分が平然とし、陽気であるのを感じていた。(109)

セシルの対応には、彼女の二重性とその効果が滲み出ている。彼女の謝罪は、明らかに形だけにすぎなかったし、ここで彼女が手にした収穫は、あの「平手打ち」のときと、まったく同種のものだったからだ。それらの行動は、沈着冷静なアンヌには相応《ふさわ》しくないものであり、彼女の弱さを曝《さら》け出すのに十分だった。その後セシルが直ちに起こした行動を見れば、彼女が陽気な気分にさせられたのも、頷けるだろう。彼女は松林でシリルに会い、「これからすべきことを、彼に告げた」(109)のだ。

ある夜、レイモンの友人らとバーで会食した三人(セシル、アンヌ、レイモン)は、レイモンの運転する車で別荘に向かっていた。アンヌの隣では、彼女の肩にもたれ、飲みすぎたセシルがまどろんでいた。表面的には、仲の良い家族という雰囲気が醸し出されていたし、セシルもそうした空気に合わせるような態度を示していた。「眠りなさい」(124)という威厳あるアンヌの言葉にも素直に従うし、眠りに落ちる直前には、アンヌを称賛する自分に思いを馳せている(「私はウェッブ夫妻や、いつも会っている人たちより、彼女〔アンヌ〕の方がずっとよかった。もっと威厳があったし、知性的でもあった」〔123〕)。

しかし、セシルの行動計画は既に着手されてしまっている。そして、始まってしまったお芝居は、もう誰にも止めることができないのだ。

この物語では、幾つかのものに象徴的な意味合いが付与されているように感じられるが、たとえば、車もその一例かもしれない。アンヌは父娘の別荘に「コンパーティブルの大型のアメ車」(118)でやってくるが、その頑丈な車のハンドルを握る彼女の姿には、これから一家の支えとなり、家族生活を健全に維持しようと意気込む人の姿が投影されているように見える。だが、今バーからの帰り道でハンドルを握っているのは彼女ではなく、レイモンだ。アンヌは後部座席に座り、セシルがその肩にもたれ、眠っている。この光景は、何を暗示しているのだろうか。これから一家の生活を仕切り、家長の役割を果たしていくのは、レイモンだということなのか。そして、彼らの前にあるのは、アンヌによって管理された、平穏で幸福な生活だということなのか。

暗示や象徴といえば、注目すべきものがもう一つある。それは、眠っていたはずのセシルが、レイモンとアンヌの遣り取りを耳にし、思わず口にしようとする言葉だ。彼女は、アンヌに手を握るよう求めるレイモンに対し、「だめ、崖道を走っているときに、そんなことをしては」(123)と、慌てて抗議しようとする。この場面は、それより少し前にある次のような一節を想起させるに違いない。それはセシルがアンヌの「アメ車」に言及する場面だ。彼女はその車の魅力をあれこれと列挙した後、こう付け加える。

> 三人揃って前の座席に座り、ちょっと窮屈に肘を寄せ合い、速度と風の同じ快感に身を委ねる。もしかしたら、同じ死にも。私たちが作ろうとしていた家族を象徴するかのように、車はアンヌが運転していた。(118)

暗示的かつ極めて微妙な言い回しといえるだろう。幸福そうな言明のなかに、突然、「死(mort)」という不吉な一語が立ち現われるからだ。誤読を恐れずにいうなら、先にセシルがレイモンに発しようとした言葉にも、この一節に現われる「死」という一語にも、その後に生じるアンヌの「事故」を予兆しているかのような感がある。

レイモンに対して口にしようとした言葉には、明らかに崖道での事故に注意を促す意図があった。だが、同じ言葉がアンヌに対して発せられることはない。想像は尽きないが、おそらくセシルがここでいう「死」とは、アンヌが一家の車のハンドルを握る――つまり、家族の生活を取り仕切る――ことから生じる、息の詰まるような生活を暗示しているのかもしれない。最後に、アンヌの死亡が伝えられる直前にセシルが提案した「謝罪文」の執筆――彼女はそれについても、「演出(mise en scène)」(148)という表現を使っている――に関しても、一言触れておく。二人はまさに、二通の「傑作(chefs-d'œuvre)」(148)を書き上げた。だが、それがアンヌに手渡されることはなかった。謝罪の手紙はテーブルの上に散らかったままだった。そして、その光景を目撃したセシルは、それを無造作に押しやるのだ。

私はそれを片手で押しやった。手紙が寄せ木張りの床にひらひらと舞い落ちた。グラスを満たして私の方に戻ってきた父は、躊躇した後、手紙を踏まないよう注意しながら歩いた。そうしたことは、すべてが象徴的で悪趣味だと私は思っていた。私は両手でグラスを受け取ると、それを一気に飲み干した。(151)

セシルは象徴的なものが嫌いだ。頑丈な大型車のハンドルを握るアンヌが、自分の望んでいない家族の象徴だったように、アンヌへの手紙もまた、無益と化した謝罪の象徴にすぎなかったに違いないからだ。心情的な葛藤や揺動はあったものの、お芝居(計画)の開始後、セシルにはもう、アンヌに折れる気落ちは微塵もなかっただろう。それは、なみなみと注がれたグラスの酒を一気に飲み干す彼女の仕草にもよく現われている。

完璧な威厳と知性をそなえたアンヌを遠ざけ、結果的に死に追いやることになったセシル。それは、「小悪魔」などという言葉をはるかに超出した、まさに「とんでもない」と表現するしかない存在なのだ。

# 7

# 反抗と妥協の論理

## ——セシルの喫煙

アンヌの知性がいかに優れ、その性格がどれほど超然としていようと、彼女とセシルの対立は、最初から後者の優位性に帰着するよう運命づけられていたに相違ない。優秀な知性をそなえ、物事に決然と向き合うアンヌには、取るべき態度は一つしかなかったからだ。彼女がもし、完璧さ・完全さという自らの資質を手放せば、その瞬間、勝負は相手の手に委ねられてしまうだろう。堅固で知的で謹厳であること。それは、必ずしも強みではない。そのような美質も、それを維持し続けることができなければ、ある日突然、弱点と化してしまうからだ。

一方、セシルの言動には、アンヌのそれに見られるような一貫性は、ほぼ皆無である。彼女自身述べているように、彼女のなかには常に「二重性」——二人の相異なる自分——が内在しているからだ。そうした二重性は、互いに牽制し合い、不安定な心情を引き起こすこともある。しかし、一つの軸上に留まり、厳格な生き方を貫く人より、二つの軸の間をそのときの気分に応じて往還する人には、ある種の自由のようなものが与えられている。成りゆきに合わせて、その都度、二人の自分を巧妙に使い分ければいいからだ。もちろん、確執や煩悶が生じることも多々ある。だが、どちらの自分も自分であることに変わりはないのだ。逆説的な言い方になるが、二重性を抱えた人は不安定で揺動的であるために、むしろ、ある種のバランス感覚のようなものに恵まれているのかもしれない。自己の内に目覚める相矛盾する感情に、双方を巧妙に維持しながら、折り合いをつけなければならないからだ。セシルはそうした意味で、まさに両面価値的な感情を制御し利用することに長けた、極めて狡知ともいえる存在だ。それは言うまでもなく、彼女のアンヌに対する心情や対応の妙によく現われている。

真面目で厳格なアンヌには、駆け引きや媚びといった言動は見当たらない。感情に流されて自分を見失うようなこともない。だが、彼女とて所詮、一人の人間だ。当然のことながら、思わずその心情が表面に浮き出てしまうこともある。それは、セシルとの普段の遣り取りや、彼女を部屋に閉じ込める場面などでも露わになる。だが、それはあくまでも、強いアンヌだ。セシルが日々目撃してきたのは、相手に自身の弱点を晒さない強い彼女の姿だったのだ。だが、あの「平手打ち」の背後に、彼女の弱さのようなものが既に滲み出ていたように、セシルはかなり早くから、アンヌが心の弱さを露呈する様子を何度か目撃している。最初は、アンヌが別荘に来た日だった。セシルがふとエルザの名を口にすると、彼女の顔が不意に歪んだのだ（「彼女の顔が突如歪み、唇が震えていた」〔22〕）。隠しようのない証拠のように、アンヌの感情はいつも、顔を通して現われる。理知的で、何の弱みも欠点もないかに見えるアンヌが、セシルに対し自らの内面を露わにしたのだ。セシルにしてみれば、驚きという他なかった。

私は何と答えてよいか分からなかった。私は仰天して、彼女を見つめた。いつも穏やかで、自制心のあったあの顔が、こうして、私のすべての驚きに委ねられたのだ。彼女は、私の言葉が供給したさまざまな映像を通して、じっと私の方を見つめていた。そして、ようやく私を見たかと思うと、顔を背けた。(22)

アンヌのこうした反応はセシルにとって強烈な驚きであり、また発見でもあった。彼女はセシルの想定に反し、意外と分かりやすい人間だったのだ。セシルはその後も、彼女のこの動揺した顔や仕草を、幾度となく思い浮かべることになるだろう。

あの顔、あの動転した声、あの落ち込みは何故?〔……〕私はアンヌの厳しい顔、私を落ち着かせる顔を、すべて思い出そうとした。皮肉、余裕、威厳。私は、あの傷つきやすい顔を発見してしまったことで、心を動かされると同時に、苛立ってもいた。(23)

ここにもまた、セシルの情念を激しく揺り動かすあの「二重性」が顔を覗かせている。相手の弱さを目撃した際、「心を動かされると同時に、苛立ってもいた」と語るセシルの気持ちは、いったいいかなる状態にあるのだろうか。セシルはふと発見したアンヌの傷つきやすさに、幾ばくかの感銘を覚える。決して揺るがないと思えたこの女性のなかにも、弱さという人間らしい感性があることを認めたからに相違ない。では、彼女は何故、苛立つのか。それは多分、セシルの欲望が、誰よりも強い対立相手を求めていたからだろう。彼女は、自分にはない知性や性格を有する女性と正面から対峙することで、彼女なりの出口を見出そうと考えていた。だが、彼女の見立ては甘かった。知的で超然としたアンヌもまた、情念に駆られ、弱さを曝け出す、一人の心優しい女性にすぎなかったのだ。

さらにいえば、アンヌはセシルが仕掛けた「お芝居」にさえ、まったく気づいていない。それどころか、自分のせいでセシルが不幸になったと、謝罪さえしている。彼女のそうした言動は、セシルにとって意外なものだったに違いない。無類の強敵と考え対立してきた相手が、実はそうではなかった。そのときの彼女の気持ちは、容易に想像がつくだろう。セシルはそのとき、自らの不甲斐なさに唖然とし、益のないお芝居に手を染めてしまった自分自身の「弱さ」を強く実感するのである。

彼女〔アンヌ〕は、私の髪や首筋を優しく撫でていた。私は身じろぎもしないでいた。波とともに、足もとで砂が引いていくときのような感じを味わっていた。敗北と優しさに対する気持ちが私を満たしていた。そのような気持ちとは違い、怒りや欲望といったいかなる感情も、私の心を引き立ててはくれなかった。こんな喜劇なんか止めて、我が生を託し、最後の日まで我が身をその手に委ねてしまおう。それほど激しく心に迫る無力さを味わったのは初めてのことだった。私は目を閉じた。心臓が止まってしまったかのように感じていた。（95）

このように、セシルは筆舌に尽くし難いほど厄介で、手に負えない存在だ。常に両面感情的な意識に捉えられ、定見のようなものとは真面目に関わらない。それに比べれば、アンヌの言動は明快で、むしろ常識的とさえいえる。絶えず超然としているし、セシルのお得意の表現を使うなら、「いつも正しい」のだ。だが、セシルには、彼女のそういう点が我慢ならないに違いない。あるとき、アンヌはセシルに向かい「人生をややこしくしては駄目」（76）と言うが、セシルの反抗心はいや増すばかり。予想どおり、アンヌの助言は水泡に帰してしまう。両者が折り合う姿など、想像することもできないのだ。ところが、セシルにはその一方で、彼女が自分に質問してくれることを望んでいる向きもある。しかし、シリルとの密会で外出したときも、彼女はセシルに何一つ尋ねようとしなかった。わざわざ嘘の言い訳さえ用意しておいたのに(「〔……〕しかし、彼女〔アンヌ〕は、私に何も質問しなかった。彼女は決して、私に質問することはなかった」〔102〕)。セシルの側には、こうしたアンヌの仕草を、自分を無視するもの、「あなたのことなどすべてお見通し」といった意識の表出と捉えていた感がある。しかし、アンヌの側に何か腹黒い魂胆のようなものがあるわけではない。彼女との対立に拘泥するセシルが、半ば妄想的にそう思念しているにすぎないのだ。たとえば、試験のことで諍いが生じたときの状況を、彼女は次のように述懐している。

「では、何なの?」と、彼女は私に言わなくてはならなかったのだ。私を質問攻めにし、すべてを彼女に話すよう強いるべきだったのだ。そうして私を納得させ、望むことを好きなように決めれば、私はもう、そうした棘のある憂鬱な気持ちに悩まされることはなかったのだ。彼女は私を注意深く見つめていた。私は、プルシアンブルーの彼女の瞳が、注意と非難で暗く陰るのを見ていた。私は、彼女が私に質問し、私を解放しようなどとは決して思わないだろうと理解した。そうした考えは彼女の脳裏を掠《かす》めもしなかっただろうし、そんなことはすべきでないと考えていたからだ。彼女は、私の心を荒廃させていた考えの一つさえ思い浮かべなかっただろうし、もし思い浮かべたとしても、軽蔑と無関心の態度で応じたことだろう。もっとも、そのような考えは、そうした扱いに相応しいものだったのだが！　彼女は何事に対しても、その重要性を的確に見定めていた。だから私は、彼女とはどうしても、どうしても（jamais, jamais,）議論＝談判などできなかっただろう。（75）

こうした言明は、セシル側から一方的に示された私見と考えて間違いない。その論理は、いつもどおりだ。アンヌの長所や言動に幾ばくかの敬意を表しながら――あるいは、表するフリをしながら――、結局は彼女の非を牽強付会にあげつらおうとする。そこには当然、混乱や論理の破綻も見受けられる。アンヌがセシルに質問し、話すよう促していたら、問題はすべて解消していたに違いないと、彼女は主張する。だが、一方でまた、「彼女とはどうしても、どうしても議論＝談判などできなかっただろう」と強調しているのだ。つまり、仮にアンヌに話しかけられたとしても、セシルにはそれに応じる気は微塵《みじん》もなかったということだ。アンヌの心情や言動に関わる説明も、彼女が随意に思い描いたもので、想像（あるいは妄想）の域を出るものではない。それは彼女の脚本どおりに演出され、アンヌ側からの意見表明など、そこには何一つ示されていない。そもそも、セシルを語り手とするこの独りよがりな物語では、彼女の言い分が自由奔放に吐き出されるだけで、アンヌ自身の心情が精緻に辿られることはまずないのだ。

だが、セシルはそれでもなお、アンヌに対立の意思を伝えなくてはならない。何も問い詰めてこないアンヌの気持ちを揺さぶり、セシルと真剣に向き合うよう、仕向けなければならないからだ。シリルとの密会から帰宅したセシルは、デッキチェアに座り、本を読むアンヌの姿を目撃する。相手が質問してこないなら、「沈黙姿勢」のまま対決しよう。セシルは多分、そう思案したに違いない(「彼女は決して、私に質問することはなかった。そこで私は、二人が諍いになったことを思い出しながら、黙って彼女の傍に座った」〔102〕)。ここから繰り広げられる場面は、この物語のなかで、おそらくもっとも緊張感溢れるものとなっている。「無言の心理合戦」ともいうべきこの場面は、極度の静けさのなかで生起する、二つの情念の対立を描き出すと同時に、その後の物語展開にも無視できない影響をもたらすからである。

ここで重要な役割を演じるのは、煙草だ。煙草は、アンヌへの反抗心や対立心を象徴する物＝道具(objet)として登場する。セシルは何か嫌なことがあると、それを紛らわそうと煙草に火をつける。だが、それは彼女が喫煙に馴染んでいるという意味ではない。喫煙は一七歳の彼女が、いわば強がりを誇示するために選んだ手段にすぎないのだ。

私は何本も煙草を吸っていた。自分が頽廃《たいはい》的だと思うと、何だか嬉しかった。しかし、そうした気晴らし＝お芝居（jeu）も、私の気持ちを欺《あざむ》くのには十分でなかった。私は悲しくて（triste）、途方にくれていた。（77）

〔……〕私は何かせずにはいられなくなる。煙草に火をつける、レコードをかける、男友だちに電話をする。少しずつ他のことを考える。でも、私はそうしたことが好きではないのだ〔……〕（138）

彼女が煙草に手を出した最大の理由は、いうまでもなく、アンヌがそれを嫌がっていたからだ。喫煙という行為は、アンヌへの当てつけ——そしてまさに、勝利の一服——だったに相違ない。

私は煙草を父の箱から一本抜き取ると、それに火をつけた。それもまた、アンヌが我慢できないことだった——食事中に煙草を吸うこと。私は父に微笑んだ。（147）

ところで、セシルとアンヌの「沈黙の対決」は、いったいどうなっただろうか。両者の微妙な心理合戦を描き出す、極めて重要な場面なので、多少長くなるが、先ずはその一節を引用することにしよう。

私はテーブルから煙草を一本取り、マッチを擦って火をつけた。火は消えた。私は慎重に、二本目のマッチに火をつけた。風はなかったが、手が震えていたからだ。だがそれも、煙草に近づけると直ぐに消えてしまった。私はぶつぶつと不平を漏らし、三本目を手に取った。するとそのとき、そのマッチは――理由も分からぬまま――私にとって生死を分けるほどの重要性を持つことになった。それはおそらく、急に無関心でなくなったアンヌが、微笑むことなく、私を注意深く見つめていたからだ。その瞬間、景色も時間も消失し、そこにあるのはもはや、そのマッチと、その上にある私の指と、灰色のマッチ箱と、アンヌの視線だけだった。心臓が乱れ、大きく高鳴り始めた。私はマッチの上で指を引きつらせた。マッチからは炎が上がったが、私がむさぼるようにそこに顔を寄せると、煙草がマッチにかぶさり、炎を掻き消してしまった。私はマッチ箱を地面に落とし、目を閉じた。探るようなアンヌの厳しい視線が私にのしかかっていた。私は、誰でも何でもいいから、この待ち時間が終わるよう哀願した。アンヌの両手が私の顔を持ちあげた。私は視線が合うのが怖くて、きつく瞼《まぶた》を閉じた。私は衰弱、失策、快楽の涙が溢れるのを感じていた。すると、アンヌはあらゆる質問を諦めたかのように、何も知らないような平静な動作で、私の顔に両手をおろし、私を引き離した。そして、煙草に火をつけ私の口にくわえさせると、再び読書に没頭し始めた。

この仕草に、私は象徴的な意味を与えた。一つの意味を与えようとしたのだ。しかし今でも、マッチを擦りそこなうと、あの奇妙な瞬間を思い出す。私の仕草と私の間にあったあの溝、アンヌの視線の重さ、周囲の空虚さ、そして、その空虚さの強度を……（102-104）

ぎこちなくも大胆なこのセシルの仕草には、アンヌへの反抗意識が明白に映し出されている。それは、相手がもっとも嫌っていたと思われる小道具——煙草——を利用した、決死の「お芝居」に違いなかったからだ。一本目のマッチに続き、二本目も消えたとき、彼女は完全に追い込まれていた。三本目のマッチが「生死を分けるほどの重要性」を帯びたのは、そのためである。あとはすべてを、そのマッチに託すしかない。セシルは大いに動揺した。周りの景色は消え、時間も止まったかのようだった。目の前にあるのは、じっと彼女を見つめるアンヌの視線だけ。まさに絶体絶命の窮地に追い込まれていたのだ。そして、運命の三本目。しかし、セシルの必死の思いも空しく、三本目もまた、敢《あ》えなく掻き消えてしまう。この瞬間、勝敗は完全に決したかに見える。下を向き、目を閉じた彼女には、もはやアンヌに抵抗しようとする姿勢は見られないからだ。それだけではない。彼女は涙さえ流していた。「衰弱、失策、快楽の涙」を。「快楽の涙」というのは、自分の思いを示したことで、思わず溢れ出た「感涙」ということだろうか。

そして、最後に待ち受けていたアンヌの予想外ともいえる行動。彼女は自ら煙草に火をつけると、それを黙ってセシルの口にくわえさせたのだ。アンヌのこの行動は、いったい何を意味しているのだろうか。セシルはそれを本当にアンヌの勝利、自身の敗北と認めたのだろうか。それは、彼女の言明の終わり近くにある、「この仕草に、私は象徴的な意味を与えた〔……〕」という一文の解釈に、すべてかかっているように思われる。「快楽の涙」という表現も改めて気になるが、注目すべきは、「私の仕草と私の間にあったあの溝、アンヌの視線の重さ、周囲の空虚さ、そして、その空虚さの強度〔……〕」という最後の表現だろう。マッチの炎を立て続けに消してしまうというセシルの「仕草」＝「失策」は、「空虚さ」だけを残し、彼女の意向を完全に突き崩す結果になった。「私の仕草」と「私」は、完全に齟齬《そご》を来《きた》してしまったのだ。

そして何より重要なのは、セシルがアンヌの行動に与えた「象徴的な意味」である。中断記号（……）によって閉じられ、明言されずに終わったこの「象徴的な意味」は、続く次章（第二部・第五章）の冒頭で、セシル自身の口から直接告げられることになる。そして、それは驚くべきことに、アンヌとはもっとも無縁なはずの「妥協」という一言だった。

今語ったばかりのこの出来事が、後に重大な影響を及ぼさないはずはなかった。自身の反応に非常な節度を示す、極めて自信のある人たちのように、アンヌも妥協（compromissions）を許さなかった。ところが、私の顔を囲っていた固い両手を優しく引き離した彼女のあの仕草は、彼女にとって妥協だったのだ。何かを見抜き、それを私に自供させることができたのに、最後の瞬間、哀れみからか無関心からか、そうすることを止めてしまった。（105）

何があっても厳然とした態度を崩さなかったアンヌ。そのアンヌが今、火をつけた煙草をセシルにくわえさせている。セシルにとって、それは「妥協」の仕草以外の何ものでもなかった。彼女が反抗の小道具のように利用していた煙草。アンヌは自身が嫌うその煙草に自らすすんで火をつけ、黙ってセシルに差し出すのだ。

しかし、アンヌの反応を「妥協」と捉えたのは、あくまでもセシルの一方的な出方であり、アンヌがそれをどう考えていたかは定かでない。アンヌはただ、「沈黙」という手段で対峙してきたセシルに対し、同様の「沈黙」によって応じただけかもしれないからだ。だが、セシルは何があっても、この出来事に「重大な影響」を見て取ろうとする。彼女は相手に負けることより、むしろ相手が手を引いてしまうことに、強い反発を感じていたからだ。アンヌの仕草は協調や仲直りではなく、「哀れみ」

や「無関心」の表明に他ならない。それが、セシルが無理やり導き出した利己主義的ともいえる結論だった。両者の関係はその後も不安定に揺れ動くが、この出来事を境に、物語は最後の悲劇へと加速度的に突き進んでいく。それを回避できる者は、もはや誰もいないだろう。

この両者の対決に、はたして勝者はいるのだろうか。煙草を出しにしたセシルの抵抗を、一瞬にして抑え込んだアンヌこそ、まさに勝者といえるかもしれない。しかし、事はそう単純ではない。アンヌはセシルを制すると同時に、相手が「妥協」と感じる仕草を示したことで、超然とした自己のイメージに、いわば亀裂を生じさせてしまったからである。つまり、彼女は意図しないまま、セシルに「弱さ」を見せてしまったことになる。真意はどうあれ、それがセシルの「計画」続行に拍車をかけたことは疑い得ないだろう。敢えて言うなら、両者は、勝者であると同時に敗者でもある。勝者／敗者が不安定かつ不連続に入れ替わる心理劇。それこそがまさに『悲しみよこんにちは』という物語の難しさでもあり、読みどころでもあるのだ。

先にも指摘したように、この物語には最初から「母親」が欠けている。彼女についてはほとんど言及がないし、名前さえ与えられていない。そして、この母親不在の家族に突然介在してくるのがアンヌなのだ。亡き母の友人だったアンヌに、母親（「第二の母親」）の役割が期待されるのは、ごく自然の成りゆきかもしれない。彼女は、寮生活をしていたセシルを親切に見守り、まさに母親のように面倒をみてくれたのだ。だが、彼女が別荘に現われたとき、セシルは重苦しい気分に襲われる。容姿に恵まれ、聡明な知性をそなえたこの完璧ともいえる女性を、彼女は何故、喜んで受け入れようとしないのか。我田引水の感は否めないが、二人に生じる状況に一つの読みの可能性を提供すると思われる知見を、最後に紹介的に提示しておくことにしよう。

ジュリア・クリステヴァ（Julia Kristeva, 1941-）は、一九八〇年に刊行された著書『恐怖の権力』（*Pouvoirs de l'horreur: Essai sur l'abjection*）において、母親と娘の緊密な融合状態と、そうした状態から脱却しようとする心理作用を「アブジェクション（abjection）」という用語を用いて分析している。簡明に言うなら、それは母親との魅惑的な融合に身を委ねながら、同時に激しい不快感や反発感を覚えるといった心の動きを意味している。それに関し、西川直子氏は次のように説明している。

〔……〕融合のおぞましさと棄却のアブジェクションはくりかえし反復されるのである。窒息感と安心感を同時にあたえる「ある力」とは、母の権能であり、おぞましきものの権力である。（西川直子『クリステヴァ　ポリロゴス』、講談社、

一九九九年、二四〇頁)

その両義性は、母＝子の抱き合いと格闘が絶え間なく反転しながら、かぎりなく見分けがつかなくなっている状況、と喩えられるかもしれない。この両義性は、融合の快楽で惹きつけ、窒息感で反発させる〔……〕(西川、同書、二四一頁)

アンヌはもちろん、セシルの母親ではない。だが、「第二の母親」という表現にも示唆されているように、彼女はそれまでのセシルにとって、もっとも身近な存在だったのだ。セシルは、アンヌが別荘に現われたとき、亡き母に代わろうとしている新たな母親(「第二の母親」)を、彼女の内に垣間見たに違いない。アブジェクションを始動させるのは「母の権能」だと西川氏は述べているが、それはセシルの不満を掻き立てるアンヌの超然とした態度とも符合する。また、二つめの引用に示された的確な説明は、セシルとアンヌの間に繰り広げられる心理戦の模様をそのまま活写しているようにさえ見える。アブジェクションの健全な出口は、事故や暴力の介在しない「棄却」の遂行にある。だが、セシルとアンヌは不幸にもそれを逸してしまった。悲劇としかいいようがない。

# 8

# 小説内演劇？

## ――二重性溢れる演出

一九五四年に執筆・刊行されたこの第一作目の小説は、一八歳の作者とは思えないほどの精緻さで、主人公セシルの揺動的な心理を描き出している。だが、注目すべきは、それだけではない。このテクストには、極めて大胆と思われる創作技巧が採用されているからだ。

一つの作品内に、もう一つの作品を忍ばせるという手法は、文学を始めとするさまざまな芸術分野において実践されてきた。劇中劇や絵画内絵画など、いわゆる「入れ子構造」状の作品が、直ちに思い浮かぶことだろう。それらの役割の一つは、作品の意図や縮図を簡潔かつ象徴的・暗示的に提示することで、その理解や解釈を効果的に促すことにあると考えられる。

だが、サガンが作り出したのは、それよりもはるかに大掛かりな「入れ子構造」型の物語だったといえるだろう。アンヌが父娘の別荘にやってきた直後、セシルは彼女を彼らの「共同体」から遠ざけようと決意する。そして、その瞬間、物語の構造は既に決まっていたのだ。サガンが構想した物語は、幾人かの登場人物たちが演じる物語内的なお芝居、つまり、「小説内演劇」とでも呼ぶべきものだった。それは、凝縮された一つの物語をパッチワークのように挿入することで、作品の進行に何らかの示唆を与えるようなものではなく、小説の空間に演劇（お芝居）という別ジャンルの表現形式を取り込み、それに合わせて登場人物たちの行動を演出することだった。いわば、小説のなかに一つの「舞台」を創出したのだ。こうした結構はその後、物語全体にまでその枠組みを広げることになるだろう。

アンヌが到着した翌日、突然の状況にショックを与えられ、その後の成りゆきを懸念したセシルは、次のように述懐している。

私は海の方へ駆け出し、水のなかに飛び込んだ。楽しく過ごせそうだったのに、もうそうはならないだろうヴァカンスを嘆きながら。ドラマ（drame）の構成メンバーはすべて揃っていた。女たらしの男、半商売人の女、聡明な女。（36）

レイモン、エルザ、そしてアンヌの三人が顔を合わせたとき、早くも物語は、一つの「演劇」として展開することが示唆されている。ちなみに、「ドラマの構成メンバーはすべて揃っていた」と語られているが、そこにもう一人、シリルが加えられることになる。では、セシルはいったい何をするのか。このサガンの構想を忠実に担い、物語のなかでそれを実際に演出・上演するのがセシルの役どころなのだ。彼女にはどうしても、自らが仕組んだその「舞台」に加わることができないからである。

私は、もはや介入することも叶わないお芝居（spectacle）を前に、自分は既

にその流れから除外されていると感じていた。（48）

セシルは、舞台の背後に身を潜めながら「演出家（metteur en scène）」の役回りに徹し、この「見世物」の演出・上演を、最初から最後まで統轄しなければならない。彼女は無論、自身の立場を十二分に意識し、理解している（「私はこの喜劇＝演劇（comédie）の黒幕（l'âme）であり、演出家なのだ」〔92〕）。

かくして、「計画（plans, projets）」という表現によって繰り返し名指されるこの無題の演劇（お芝居）は、演出家セシルのもとで、速やかに上演の手筈《てはず》を整えていく。また、それにつれ、演劇にまつわる言葉、演劇に関わる周囲の人たちの状況なども、巧みに物語のなかに織り込められていく。『悲しみよこんにちは』は小説でありながら、まさに「戯曲化」とでも呼ぶべきものを徐々に現出させる、稀有で不思議なテクストなのだ。

物語を読み進めるにつれ、嫌でも気づかされるのが、演劇に関する語彙・用語の頻出である。「演じる（jouer）」、「芝居・ドラマ（drame）」、「演劇・劇場（théâtre）」「演技（jeu）」、「喜劇（comédie）」、「黒幕（l'âme）」、「通俗喜劇のような（vaudevillesques）〔147〕」、「演出／演出家（mise en scène/metteur en scène）」、「場面（scène）」、「登場人物・

役（personnages）」といった用語については、改めて指摘するまでもない。だが、このテクストでは、作中人物たちに対しても、「〜役（rôle）」といった表現がよく用いられているのだ。たとえば、エルザがレイモンに見せた絶妙な「演技」に関して、セシルは次のような言い方で自身の心情を吐露している。

彼女〔エルザ〕が微妙な役まわり（rôle）に慣れていなかったこと、そして、彼女の演じていた（jouait）役どころ（celui=rôle）が、彼女にとって、心理学的にもっとも洗練されたものと思えていたことは、確かだったに違いない。（116）

この物語＝お芝居の登場人物たちには、それぞれの役どころが与えられている。そして、それを差配しているのは、いうまでもなく、この演劇の「黒幕」であり「演出家」でもあるセシルだ。ほとんどまだ少女とさえいえるような一七歳の女性が、自分よりもはるか年上の複数の大人たちを巧みに操ろうとしている。まさに、「とんでもない」彼女が演出した「とんでもない」企みというしかないだろう。

他者に「役割」を付与すること。意図は異なるものの、既にそれに類似することを実行しようとした人物がいた。他でもない。謹厳実直なアンヌである。勉強のことで諍《いさか》いが生じたとき、彼女はセシルに、「〔……〕あなたの粗野な女の子役（personnage）を、良い生徒役と取り替えるのよ（63）」と提案していたのだ。まるで、演出家が役者に対し、配役の変更を迫るかのように。だが、この演出家対役者という関係は、その後間もなく反転することになる。アンヌにはもちろん、知る由《よし》もない。セシルが企てていたのは、アンヌの感知できない状況――つまり、「主体（性）なきアンヌ」という状況――のなかで展開されるお芝居だったからである。アンヌが、自身に割り当てられた悲運な役まわりに最後まで気づかなかったのは、悲劇というより、むしろ皮肉めいている。誰よりも聡明だったはずの彼女が、自ら口にした提案に付け込まれるような形で、お芝居に組み込まれ、セシルの巧妙な演出に屈することになるからだ。そこには、狡猾で、十分知的なセシルの才能さえ見て取ることができる。

物語はこうして、頁が進むたびに「演劇化」の色合いを強めていくが、脇役として登場する二人の人物たちも、そうした雰囲気を作り出すのに一役買っている。先ず登場するのは、別荘に住む四人でカンヌ（Cannes）に外出した際、そこのバーで出会う、エルザの知り合いの南米人男性。彼は演劇（théâtre）に関係した仕事をしていて、セシルとの会話は大いに盛り上がった、と語られている（48）。そしてもう一人は、誘いに応じて出かけ、サン＝ラファエル（Saint-Raphaël）のバー「ソレイユ（Soleil）」

で落ち合った、あのウェッブ氏。そして、この人物もまた、演劇関係の宣伝広告（publicité théâtrale）に携わっているのだ。偶然とはいえ、セシルの周りには「演劇」の香りが立ち込めている。彼女が演出を企む「お芝居」を後押しするかのように。

自身の陰湿な企みを果たすために計画されたお芝居だが、セシル自身は舞台に立たず、その外側に留まらねばならない。我が身に火の粉が降りかからないよう、最後まで「喜劇＝演劇の黒幕」――「演出家」――として振舞う必要があるからだ。しかし、演劇の素人にすぎない彼女は、自らに与えたその役割を、いったいどのような形で遂行しようするのか。自分はひたすらお芝居の外に身を潜め、これまた素人である役者たちに、あれこれ指示を与える。そのような心許ない演出は、本当に実現可能なのだろうか。容易《たやす》く予想されるように、無謀という他ないこの計画は、幾つかの致命的な「パラドックス」に逢着することになる。その経緯について、少し触れておくことにしよう。

「役者たちに、あれこれ指示を与える」と述べたが、セシルのお芝居には、是非言及しておかなければならない重要な事実が幾つか存在する。それらはおそらく、通常の演劇であれば起こり得ないことに違いない。つまりそれは、この物語が決して真正な演劇には成り得ないことを明かしているのだ。

セシルはアンヌと別荘で初めて顔を合わせたとき、その後の生活を想像し、そこに一つのお芝居を仕組もうと決意する。「ドラマの構成メンバーはすべて揃っていた」と感じたからだ。構成メンバーとして挙げられたのは「女たらしの男、半商売人の女、聡明な女」、すなわち、レイモン、エルザ、アンヌの三人である。結局は、その後に加えられるシリルを含め計四人の素人役者たちでお芝居は演じられことになるのだが、彼らの立場には無視できない決定的な違いを指摘することができる。それは、エルザとシリルにはセシルの口から厳密に演技の指示が与えられるが、レイモンとアンヌは完全に蚊帳《かや》の外に追い遣られているという事実である。つまり、彼らは、演出家セシルとは完全に切り離された状態で、お芝居の片棒を担がされるのだ。そのようなものが為されていることにさえ気づかずに。それは、セシルの計画や魂胆を考えれば当然の遣り口なのだが、もしも真正な演劇であるなら、役者それぞれに対し、演技等に関わる指示が必ず伝えられるだろう。「こうして、私は喜劇の幕を開けた」(92)と語るセシルだが、それは単に「喜劇」という言葉に事寄せただけの代物、いわば「演劇擬《もど》き」にすぎなかったのだ。

内部に情念的な「二重性」を抱え、言動が常に不安定なセシルが、自分よりはるかに年上の大人たちを統轄し、一つの「お芝居」を演出することは、はたして本当に可能なのだろうか。平穏で幸福な筋書きならば、事は幸先よく進むかもしれない。しかし、もしもそれが悪意や怨恨に裏打ちされたものなら、状況はまったく別のものになるだろう。セシルの計画にはいうまでもなく、そうした負の情念が満ちている。一人の聡明な女性を、三人の「役者」（実質的には、エルザとシリルの二人）の「お芝居」によって、父娘の「共同体」から締め出そうというのが、その狙いだからである。「〔……〕私たち〔セシル、エルザ、シリル〕の粗暴な欲望〔……〕私の下劣な小細工」（140）を首尾よく実現させるためには、役者に選ばれた二人の演技力と結束心が、何よりも強力な武器となったに違いない。だが、彼らは役者などではなく、身も心もある、極めて普通の若者だったのだ。セシルは多分、それを見落とすか無視していたのだろう。彼女はアンヌが死亡したときも、二人の印象を「〔……〕精彩のない、忘れ去られた登場人物のように〔……〕（150）」と表現し、彼らとの関係をすげなく断ち切っているからである。

セシルのいう自己の「二重性」については、既に何度も指摘し強調してきたが、常に内的矛盾を抱える彼女の言動は、シリルやエルザをも、悩まし気で深刻な状況に追い遣ることになる。つまり、お芝居を仕組んだ演出家役のセシルと、役どころを与えられた演者役のシリル、エルザの間にも、結束心や連帯感を揺るがすような問題を生起させるのだ。それは明らかに、セシルの「計画」の瓦解を予兆するものといえるだろう。

先ずはシリル。彼はセシルとの結婚を真剣に望むほど、彼女を熱愛している。お芝居を演じてほしいという彼女の提案を拒否できなかったのは、もちろんそのためである。だが、エルザが自分の恋人役という設定には、当然ながら、最初から強い違和感を感じている。しかし、彼は結局、セシルの申し出を受け入れる――「僕は、そういう卑怯な手口は好きじゃないな」と、シリルは言った。「でも、君と結婚するなら、それしかないというなら、そうしよう」(91)。とはいえ、それでもなお、釈然としない気持ちは拭い去れない。お芝居を演じることに同意した直後にも、彼はセシルにこう言うからである――「僕がエルザを愛している振りをしたら、僕を嫉妬するって言ってくれ。どうして、そんなことが考えられたの? 君は僕を愛しているの?」(91)。こうしたシリルの気持ちは、演技が開始されてからも決して変わることはない。彼は結局、最後の最後まで疑念を感じながら、演技し続けるのだ。「二重性」に裏打ちされた、セシルの狡知な演出に従って。そして、結局は見離される運命にあることを知らぬまま。

彼〔シリル〕は、自責の念に悩まされ始めていた。私が彼に演じさせた役(rôle)が、彼をひどく不快にさせていたのだ。彼がそれを引き受けたのは、二人の恋愛にはそれが必要だと、私が彼に思い込ませていたからにすぎない。そうしたことすべてには、たくさんの二重性（duplicité）、内心的な沈黙が要求されたが、努力と嘘はほとんど必要なかった！（138）

シリルの気持ちを好き放題に利用しておいて、「嘘」は必要なかったと主張するのは、いささか道理に合わないような気もする。だが、セシルにとって、それはごく普通のことなのだ。「二重性」に応じて適宜態度を変える彼女には、躊躇なく相矛盾する言動に訴える能力——あるいは、能力のようなもの——がそなわっている。そして、彼女自身、それをどうすることもできないのだ。

そして、エルザ。シリルと同様、セシルと気の合う存在だった彼女は、レイモンからアンヌを引き離すという「計画」に同調し、ほとんど名演ともいえるお芝居をこなしてみせる。まさに、セシルの望んだ「エルザ効果」が遺憾なく発揮されたのだ（「この笑い〔エルザの笑い〕が父に及ぼす効果（effets）に、私は直ぐに気づいていた」〔139〕）。だが、エルザの名演に関して、セシルは耐えられない苦悩を感じていた。無理もない。シリルとエルザが恋人役を演じる場面を考えたとき、彼女は言い知れぬ衝撃を覚えたからだ。自ら選んだ演出家の役に、彼女がやり場のない虚しさを感じる瞬間である。

この演出家の役は、私を夢中にさせなかった。私は決して狙いを外《はず》していたわけではない。〔……〕シリル、エルザの上に身を屈めたシリル……そのイメージは私の心を荒廃させていた。〔……〕そうならずに済むなら、私は何でもしただろう。それを望んだのが自分自身だったことを、私は忘れていた。（139-140）

こうして、アンヌの締め出しを謀って開始されたお芝居は、内部から徐々に、その歪みを露呈させていく。セシルが、自ら演出したお芝居を離れ、もとの世界に戻りたいと考えたのは、いわば当然の成りゆきだったといえるだろう。だが事態はすでに、引き返すことができない局面に達していた。セシル自身の表現を借りるなら、それは既に、「私が上演していた、もはや止めることができない、この悲劇のようなもの〔……〕（67）」と化していたのだ。

そして、予想できたこととはいえ、こうした「計画」の歪みは、セシルとエルザの間にも激しい確執を生み出すことになる。切っ掛けは、エルザがセシルに、レイモンからお茶に誘われたことを報告に行った際のことだった。つまりそれは、「計画」の開始を告げる瞬間の出来事だったのだ。「〔……〕私、行くべき？」（141）と尋ねたエルザに対し、セシルは突然激しい苛立ちを爆発させる。それはエルザにとって、まったく想像外の反応だった。彼女としてはむしろ、自分の貢献を評価してほしかったに違いないからだ。そのときのセシルの気持ちと二人の緊迫した遣り取りは、次のように記されている。繰り返しになるが再度引用しておこう。

私は危うく、私にはそんなこと関係ないでしょう、と言いそうになった。そして、彼女が私を、彼女の策略が成功するか否かの責任者と見なしていることに気がついた。是非はともかく、私は苛々させられた。

私は追い詰められたと感じていた。

「分からないわ、エルザ。あなた次第じゃないの。自分がしなければならないことを、いちいち私に尋ねないで。私があなたを唆《そそのか》しているように思われるわ……」

「でも、あなたよ」と、彼女は言った。「だって、あなたのお陰で……」

彼女の感嘆するような口調に、私は突然恐怖を覚えていた。

「行きたければ、どうぞ。でも、そうしたことはもう二度と口にしないで、お願いだから！」

「でも、あの女〔アンヌ〕から彼〔レイモン〕を引き離さないと……セシル！」

私は逃げ出した。父は好きなようにすればいいし、アンヌは何とか切り抜ければいいのだ。（142）

セシルのこうした態度を素直に受け入れるのは、まず不可能だろう。エルザの言動に理があることは、誰が考えても明白だからだ。「是非はともかく」とセシルは言うが、彼女の反応が常軌を逸していることは疑い得ない。彼女は、演出家役のセシルが決めたとおりに、自分の役を演じたにすぎないからだ。危うく口にしようとした「私にはそんなこと関係ないでしょう」という気持ちも、完全に的外れと言わざるを得ない。このお芝居は、最初から最後まで、彼女一人のために計画されたものであり、演技が成功するか否かの責任がすべてセシルに委ねられるのも、むしろ当然のことだからである。「私、行くべき？」と投じた質問に「分からないわ、エルザ、あなた次第じゃないの。自分がしなければならないことを、いちいち私に尋ねないで。私があなたを唆しているように思われるわ……」という発言も驚くほど混乱している。役者は当然ながら、演技の仕方について、演出家に絶えず指示を求める。お芝居の役者には、自分の意のままに演じる自由など、まず与えられてはいないのだ。言い方は適切でないかもしれないが、演出家はある意味、役者を「唆《そその》か す」ような形で舞台を上演しているのかもしれない。セシルが巧みに、四人の演者を自らの脚本に引き入れたように。この遣り取りは結局、セシルの最後の言動により、お芝居の崩壊というべき状況に立ち至る。事もあろうに、エルザが最後まで演じようとしていたお芝居を、それを仕掛けたはずの演出家が、何もなかったかのような素振りで投げ出すからである。つまり彼女は、演者たちにすべての責任を転嫁したまま「逃げ出す」のだ。セシルのこの突飛としか言いようのない言動は、いったい何を意味するのか。理由の一端は、そのとき彼女に生じた情念の変化によって、ある程度説明できるかもしれない。「苛々させられた」彼女は、「追い詰められた」と感じ、仕舞には「恐怖」さえ覚えたのだ。この恐ろしいほど自由奔放な女性が、「恐怖」にまで至る感情に襲われるというのは生半可なことではない。それは多分、自身の企てた「計画」が、彼女の唯一最高の相棒であるレイモンを巻き込み、始動してしまったせいだろう。こうなってしまえば、もはやそれを止める術はない。できるのは、父とアンヌが首尾よくこの「計画」を脱し、以前の状況に復することを願いつつ、自分はいささかも関与していなかったかのような態度で、責任逃れを演じること以外にないのだ。

この「計画」は、父娘の間に突如介入してきた「管理者＝支配者」のようなアンヌを遠ざけたいという一心から始まった、反抗的な「戯れ＝ゲーム(jeu)」のようなものにすぎなかったはずだ。ゲームをするなら、相手が強いほど面白いし、また夢中にもなれる。アンヌはその条件にぴったり適っていた。セシルには、気分任せにそれに興じる気持ちがあった。しかし、彼女の仕組んだお芝居は徐々に深刻な様相を呈し、瞬く間に独り歩きし始める。もしもアンヌが居なくなったら、父の老後はいったいどうなるだろうか。セシルの脳裏には、そんな恐怖が過《よぎ》ったりもする（「私はどうしていいか分からなかった。それが父を脅《おびや》かしている末路なのだ。それは確かだった！　少なくとも、アンヌが父の世話を引き受けなければ、それが父を脅かす末路だったのだ」〔130〕）。これまでも再三確認してきたが、アンヌに対するセシルの気持ちは、あくまでも両面感情的であり、徹底した憎しみや排撃心のようなものとは最初から性質を異にしている。超然として動じないアンヌは自分とは対照的で、敬意に値するほどの好敵手であるが故に、セシルの関心を強く引きつけたのだ。セシルは、アンヌがずっと強い女性であることを望んでいたといっても、多分過言ではないだろう。しかし、そんなアンヌも一人の女性であることに変わりはなかった。シリルをセシルから引き離そうとしたアンヌだが、そんな彼女はある晩、レイモンとの「愛の一夜（une nuit d'amour）」（67）を予感させる仕草をセシルに目撃されてしまうのだ（「夕食は終わっていた。テラスに出ると、食堂の窓から放たれる長方形の光のなかで、アンヌの手が、生き生きとした長い手が揺れて父の手を探り当てるのが見えた」〔67〕）。それは第一部の結末を締め括る重要なエピソードといえるだろう。セシルは難攻不落と思っていたアンヌのなかに、彼女の「弱点」を見てしまったのだろうか。このときセシルが考えたのは、「自分自身に同情すること」(67) だった。アンヌに父を奪われてしまうと思ったからだ。だが、彼女は自分の発想がまったく逆向きであったことに気づかされる。同情されるべきは彼女ではなく、アンヌだということに(「私が同情していたのは、既にアンヌだったのだ。まるで、自分が彼女に勝つことを確信していたかのように」(67))。こうして、「計画」は加速度的に進められていく。

だが、アンヌに「同情」を覚え、勝利を予感してしまったことは、あの「二重性」からくる心の揺れを、セシルの内に引き起こすことになる。セシルにとって、アンヌは常に超然としていなければならなかったからだ。決して隙を見せないと思っていたアンヌは、セシルの狡知な脚本に操られ、その後少しずつ態度を変化させていく。決定的なのは、セシルが「妥協」と感じた、あの「喫煙」場面での反応だったに違いない。「妥協」を表明した相手とは、もはや闘う意味はない。既にその時点で、勝負は決しているからだ。セシルの気持ちは複雑に揺動し始める。そのときの彼女が直面した両面感情的な状況は、次のような一節でもっとも的確に言明されている。

> 私は延々と話し、彼ら〔シリルとエルザ〕に私の計画を説明した。二人は、私が前の日に提起したのと同じ反論を示したので、それを粉砕するのに強烈な喜

びを感じた。それは根拠のないことだったが、二人を説き伏せようとするあまり、今度は私が夢中になっていた。私はそれが可能であることを彼らに証明した。あとはただ、それをしてはならないと彼らに伝えるだけだった。しかし、同様に論理的な説得手段は見つからなかった。(90-91)

「計画」について語り、熱く反論し合う三人の姿には、楽しくて仕方のない「ゲーム」にのめり込んでしまったかのような、興奮した雰囲気が感じられる。だが、この一節には明白な逆説のようなものが含まれている。セシルはこの計画が可能であると言いながら、二人には「それをしてはならない」と伝えなければならないからだ。本来、計画を立てる目的は、それを実行することにある。だが彼女は、考え出したその計画が実行されないよう阻止しなければならないと明言しているのだ。それはいったい、どういうことなのか。それについては、「論理的な説得手段は見つからなかった」と、彼女自身も認めている。彼女は計画を立て、その実行方法を決めながらも、「〔……〕私の計算は正しかったのだろうか」(92)と自問し、「私はいつでもそれを止めることができるだろう」(92)と語るだけなのだ。だが、そうこうしているうちに、お芝居は幕を開けてしまう。「心ならずも、無頓着と好奇心から」(92)。そのときセシルは考える。これは他人を利用した茶番などではなく、自らの意思で始めるべきだったと。

私は憎悪と暴力によって、それを自発的に始める方がよかっただろうと、ときどき考えた。そうすれば少なくとも、自分自身を非難することができたからだ。無気力や太陽やシリルのキスのせいにすることなく。（92）

セシルの心はさらにその後も、計画の中止へと傾いていく。そして、そのとき頭に浮かんだのはやはり父親レイモンのことだった。

〔……〕私の計画は間違っていたかもしれない。父はアンヌへの情熱を、まさしく忠誠の域にまで推し進めることができたのかもしれないのだ。〔……〕もしも父がこの演技＝遊戯（jeu）に引っかかりそうに見えたら、いつでもそれを中止する理由を探そう。（93）

「演技＝遊戯」という一語からも窺えるように、セシルの計画は彼女の言う「心理学の問題」（90）を遊戯的に立証したいという好奇心から始まっている。自分の仕組んだ遊戯的な実験——つまり、お芝居——の結果を、彼女は是非、自らの目で確認したいと考えたのだ（「私の心理学的な計算が、正しかったのか間違っていたのかを確認しようとするのは、

いつだって面白いのだ」〔93〕）

しかし、作り物のカップル、シリルとエルザの演技＝遊戯から始まった計画は、一瞬にしてセシルの手を離れ、もはや誰も停止できない状況に立ち至ってしまう。ヨット上で恋人同士のように振舞う二人に気づいたレイモンが、先ず最初に声を上げる（「あれ……あれはエルザじゃないか！　あんなところで何をしてるんだ？」〔……〕「あの娘は大したもんだよ！　哀れな男の子を独り占めにし、老婦人〔シリルの母親〕にも認められたってわけか」〔94〕）。「父がこの演技＝遊戯に引っかかりそうに見えたら、いつでもそれを中止する理由を探そう」としていたセシルの思惑は、この父親の発言によって完全に断ち切られてしまう。だが、彼女の気持ちが、ぎりぎりまで両面感情的な状態にあったことも否定できない。レイモンの大声を聞いたとき、セシルはびくっとする一方で、「しかしながら、私は既に二分も前から、それを待っていたのだ」〔94〕と述懐しているからである。つまり、彼女はそのとき、父が二人の存在に気づくこと、そして気づかないこと（「ヨットは私たちの前に差しかかり、通り過ぎようとしていた。私はシリルの顔を見分けた。私は心のなかで、彼が早く行ってしまうよう懇願した」〔94〕）を、同時に期待していたことになるだろう。

父の態度も強烈だったが、アンヌの反応はさらに衝撃的だった。蚊帳《かや》の外に置かれ、セシルの計画に何一つ気づいていない彼女は、そのとき、セシルとはまったく違う考えに囚われていたからだ。

だが、アンヌはそれ〔レイモンの言葉〕を聞いてはいなかった。彼女は私を見つめていた。彼女の視線とぶつかり、羞恥の思いでいっぱいになった私は、顔を砂に横たえた。彼女は手を差しのべ、私の首に置いた。「私を見て。私を恨んでる？」（95）

アンヌがそのような言葉を口にしたのは、謝罪と慰めの気持ちをセシルに表明するためだった。つまり、セシルとシリルの交際に彼女が強く反対したことが、この騒動の直接的な原因になったと、彼女は思念していたのだ。だが、それはいうまでもなく、アンヌの誤解にすぎなかった。セシルはこうして多分、強敵であるはずの彼女を、いとも容易《たやす》く出し抜いてしまったのだ。

だが、彼女の真の目的にとって、それはほとんど重要性をもたない出来事だったといえる。そのようなお芝居は、レイモンの嫉妬心を煽《あお》るための、単なる「前哨戦」のようなものだったからだ。アンヌから投げかけられた気遣い溢れる質問に、セシルははたしてどう反応したのか。セシルは一言も言葉を発しない。アンヌの気持ちが突如自分に寄り添ってきたとき、セシルは多分、相手の「弱さ」と自分の「弱さ」を同時に意識したに違いない。それはつまり、二人の対立はこの時点でほぼ終了していた可能性もあるということだ（「こんな喜劇なんか止めて、我が生を託し、最後の日まで我が身をその手に委ねてしまおう。それほど激しく心に迫る無力さを味わったのは初めてのことだった」〔95〕）。しかしながら、この場面にもまた、セシルのなかの「二人の私〔彼女〕」が立ち現われ、複雑かつ両面感情的な彼女の姿を見せつける。

私は目を開けた。彼女〔アンヌ〕が不安そうで、ほとんど哀願するような眼差しを私に注いでいる。彼女は初めて、感受性豊かで思考能力のある人間（être sensible et pensant）を見るような目で、私を見つめていた。それも、私が〔お芝居を始めた〕日に……私はうめき声を発し、自分をその手〔アンヌの手〕から振りほどくため、父の方へ荒々しく顔を背けた。（95）

アンヌが見せた「哀願するような眼差し」。常に超然とし、自信満々な態度を示し続けてきたアンヌが、いかにも弱々しげな表情で、同情と謝罪の言葉を口にしている。そして、セシルのことなど何も考えない人間と見下してきたはずの彼女が（「〔……〕アンヌは、私を、思考能力のある人間（être pensant）と見なしてはいなかった」〔43〕）、初めてセシルを思考能力のある人間として認めたのだ。それは、彼女側からの大きな「譲歩」――あるいは、「妥協」――と捉えられるだろう。アンヌを常に強い相手と考え、対抗し続けてきたセシルの心境は、さぞかし複雑だったに違いない。「強さ」の象徴ともいうべきアンヌは、セシルが演技＝遊戯を始動させるうえで、絶対に欠かすことのできない存在だったのだ。アンヌがセシルを「思考能力のある人間」と見なしていないことが、セシルの対抗心に火をつけたのも事実である（「でも、彼女は私を、思考能力のある人間と見なしてはいなかった。彼女に誤りを気づかせるのが、私には突然、何よりも緊急で重大なことに思われた」〔43〕）。しかし、目の前で今、そのアンヌが折れようとしている。セシルはどう対処すればよいのか。謝罪しようとしたアンヌの手を振り払うセシルの姿には、相反する感情――愛と憎――に同時に向き合わされた際の、やるせなさのようなものが鮮烈に現われている。それはおそらく、そのときの彼女に可能な、ぎりぎりの挙措だったに相違ないからだ。

彼女〔アンヌ〕は、私の髪や首筋を優しく撫でていた。私は身じろぎもしないでいた。波とともに、足もとから砂が引いていくときのような気持ちを味わった。敗北（défaite）と優しさ（douceur）に対する気持ちが私を満たしていた。そのような気持ちとは違い、怒りや欲望といったいかなる感情も、

私の心を引き立ててはくれなかった。こんな喜劇なんか止めて〔……〕(95)

こうした述懐からは、セシルの感じている虚しさのようなものが伝わってくる。自分が企てたお芝居とは、いったい何だったのか。それは、彼女の意図に反する、無益なものだったのではないか。彼女は今、いかなる「怒りや欲望」も感じていない。海の砂が波とともに引き流されていくように、すべての行動は立ち消えになり、また元の状態に戻される。今、彼女を満たしているのは「敗北と優しさに対する気持ち」に他ならない。セシルは、アンヌに仕掛けたお芝居について、互いの「敗北」と「優しさ」を認めようとしているのだ。セシルは思念する。「こんな喜劇なんか止めて〔……〕」と。だが、不幸にも、時は既に遅すぎた。彼女が幕を開けてしまったお芝居は、もはや誰も止められない状況に立ち至っていたからである。

# 9

# 演技と本気

## ——お芝居と現実の狭間で

演技であろうが、演技擬《もど》きであろうが、演じるという行為は、必然的に、本来の自分とは異なる人格＝役回りを演じることに相違ない。演出家役のセシルもまた、自身の内部に「二人の私〔彼女〕」を抱えたまま、似たような二重状況と対面しなければならない。自分の仕掛けたお芝居を始めるのか始めないのか。停止するのか、続行するのか。彼女は最初から最後まで、「二つの演出」、「二人の演出家」の間で揺れ動く。そして最後は結局、出来事の流れに翻弄されたまま、後味の悪い結末を引き寄せてしまう。父娘の「共同体」からアンヌを遠ざけたという意味では、セシルの演出は確かに功を奏したといえるかもしれない。だが、後には彼女の意図や予測をはるかに越える結果が待ち受けていた。演出家は基本的に演劇のシナリオを統轄する立場にある。しかし、演出家セシルは常に激しく揺れ動く。上演を投げ出し、仕事場から逃走するような場面さえある。つまり、彼女は役者に演技を課す立場にありながら、読者に対しては、自らも型破りな演技を披露しているのだ。だが、この物語にとって、それは決して無意味なことではない。まさに、セシルのこのぶれまくりともいうべき演出が、『悲しみよこんにちは』というテクストを躍動化し、驚き溢れるものにしているのも、また事実だからである。

この演劇擬きに登場する役者たちの言動は、いうまでもなく、通常的な演劇の域に位置づけられるものではない。このお芝居は終始、演技と

## 9 演技と本気

本気、お芝居と現実の狭間に配されているからだ。もちろん、演劇と現実は完全に無縁なわけではない。しかし、演劇の役者＝演者たちは、自身とは異なる人間を演じる者であり、演じる者と演じられる者の間に、現実的な関係はほとんど存在しない。

だが、そうした演劇の体裁を無視するかのように、セシルのお芝居は進行する。彼女が仕組んだ演出では、三種類の登場人物たちが各自の役割を担わされることになる。登場人物たちに敢えてセシルの名を加えるなら、その総勢は五人ということになるが、彼らは皆、このお芝居に対し、微妙な立ち位置を与えられている。

セシルの「脚本」内容は、登場人物たちすべてに知らされているわけではない。それを知っているのはセシル本人、そしてエルザ、シリルの二人である。つまり、自身のその後の行動をお芝居として受け止めているのは彼らだけなのだ。脚本内容を知り、実際に役者として振舞っているのは、エルザ、シリルだけ（セシルのすべての言動もお芝居といえるが、それについてはまた後ほど触れることにしよう）。後の二人、レイモンとアンヌは、ほとんど蚊帳《かや》の外に置かれた状態といってよいだろう。

では、レイモンはどのようなスタンスで、このお芝居に参加させられているのか。彼の役まわりが、セシルの計画＝脚本にとって極めて重要なのは明らかである。しかし、当然ながら、セシルは彼にその計画＝脚本を伝えることができない。そんなことをしたら、計画はたちまち丸つぶれになってしまうからだ。そこでセシルが思いついたのが、彼のエルザに対する恋心（むしろ、未練あるいは下心というべきかもしれない）を利用することだった。彼女は最初、エルザとシリルが仲良く一緒にいるのをアンヌとレイモンに目撃させ、彼らの気持ちに揺さぶりをかける。つまり、二人の演技を利用し、彼らを自らのお芝居に引き込もうと謀《はか》るのだ。既に見たように、このお芝居に騙《だま》されたアンヌは、自分がシリルとセシルを引き離してしまったと誤解しセシルに謝るが、嫉妬心を抑え切れないレイモンは、エルザをお茶に誘おうと画策する。この誘いについてセシルに打診したとき、エルザは彼女の予想もしなかった反応にたじろぐが、始まってしまった計画は、結局中断されぬまま進行してしまう。その後生じるエルザとレイモンの密会。それはエルザの曖昧で中途半端な意識と、現実的なレイモンの激しい欲望が結びついた瞬間といってよいかもしれない。エルザはこのとき、セシルの演出したお芝居のなかで、一人の役者として演技しなければならなかったわけだが、演出の外に置かれていたレイモンは、完全に本気だったからである。この密会での出来事は、演技と本気——お芝居と現実——の狭間で生じた、どちらも真剣な遣り取りだったはずだ。もしこのまま事が進めば、確実に収拾のつかない事態が生じる。セシルはそう予感したに違いない。彼女がこの密会に恐怖を感じ、逃げ出したのは、いわば当然だったのだ（「私は突然恐怖を覚えていた」〔142〕／「私が感じていた、あの気の失せるような恐怖」〔142〕）。

では、アンヌはどのような立場に置かれていたのだろうか。彼女が目撃することになったのは、エルザとレイモンの間で展開される、演技と本気の相半ばする光景だった。しかし、彼女はいうまでもなく、それを二人の本気な行為と受け止めた。当然ながら、彼女もレイモンと同じく、セシルの立案した脚本については何一つ知らされていなかったからである。セシルの標的であるアンヌは舞台の中心に立つことなく、やがて父娘のもとから立ち去っていく。それが、演出家セシルの考えた筋書きのすべてだったのだ。しかし、こうした脚本のちぐはぐで危うげな構造が、結局は最後の不運を引き起こすことになる。

このテクストの要にあるのが、セシルが小説内演劇に見立てた五人の人物による物語＝お芝居だとするなら、脚本を知らされていないアンヌ（そしてレイモン）も、やはりそれと密接に関与する存在といわざるを得ないだろう。たとえ本人に演技している意識はなくても、アンヌはセシルに対し、随所で女優顔負けの演技を披露しているともいえるからである。あの「平手打ち」の場面もさることながら、特にセシルとアンヌが静寂のなかで繰り広げる「喫煙」をめぐるエピソードからは、まさに映画から切り取られた一コマのような緊迫感と静寂感が伝わってくる。あのとき、駆け引きのようなつもりで互いの心を探り合っていた二人は、まさに無言の「心理劇」ともいうべき演技を遂行していたようにさえ見えるのだ。

そうしたアンヌが、迫真的演技と見紛うばかりの行動を示すのは、林のなかでエルザとレイモンの密会を目撃した直後のことである。常に超然とし、沈着冷静な態度を貫いてきたはずの彼女が、取り乱した人物を演じる役者のような形相で、突然、セシルの前に姿を現わすのだ。それは、今まで想像もつかなかったアンヌの所作だった。まるで老女のような仕草で林の方から走り出てきたアンヌ。その様子もまた、まるで老女役を演じる俳優のようだった。セシルの企てた計画では、アンヌとのこうした遭遇は、おそらく想定されていなかったに違いない。お芝居の目的は、計画がすべて終了した後、演技の外部——すなわち、現実世界——において、いわば事後的に生じてくれればよかったからだ。だが、お芝居から始まったセシルの企みは、彼女の演出を乗り越え、一気に現実の域にまで突き進んでしまう。脚本のことは何一つ知らなかったアンヌと、このお芝居を演出したセシルが、その終極で衝撃的な場面を演じ、本気で素《す》のままの自己を曝け出すからだ。それは、この物語の大団円であると同時に、テクストにもっとも劇的な結果＝効果をもたらす場面といってよいだろう。二人が最後に口にする「台詞《せりふ》」——敢えて、「台詞」ということにしよう——の遣り取りには、本気であると同時に演劇的でもあるような、切迫した心情の鮮烈な交換を感じることができるからだ（「〔……〕アンヌ、行かないで。これは間違いなの、私の過ちなの、今あなたに説明するから……」／「アンヌ、私たちにはあなたが必要なの！」／「あなたたちには誰も必要ないでしょ〔……〕あなたにも彼にも」／「許して、お願いだから……」／「何を許すの？」／「私のかわいそうな子……」〔144〕）。

アンヌが自動車事故で亡くなったとき、セシルは次のような述懐を漏らしている。

> そこで私は思った。アンヌは死によって——またも——私たちより優れていることを示したのだ。〔……〕アンヌは、私たちにあの豪華な贈り物をしてくれた。彼女の死を、事故かもしれないと思わせる大きな可能性だ。（150）

彼女の死は実際的な事故死だったのか、はたまた、自作自演による自殺死だったのか。その点について、テクストは断定的に説明してはいない。アンヌには、死してもなお、かすかな演者の影がまといついたままなのだ。

# 10

# 「悲しみ」とは何か？

最後にはやはり、「悲しみ（tristesse）」という言葉について、記しておく必要があるだろう。タイトルのなかにも現われるこの言葉は、主人公＝語り手セシルの情念を象徴的・要約的に伝える、極めて大切な一語と考えられるからである。

物語の冒頭および結末の段落には、物語＝テクストを両側から挟み込むような形で、この言葉に関するセシルの哲学めいた述懐が配されている。彼女は間に挟まれた物語を執筆した後、この始めと終わりの一節を書き添えていると思われるのだ。先ずは、冒頭の一節に目を向けてみよう。

物憂《ものう》さと優しさが胸から離れないこの見知らぬ感情に、悲しみ（tristesse）という美しくも重々しい名を与えることに、私は躊躇《ためら》っている。それはあまりに徹底した利己主義的な感情なので、ほとんど恥ずかしくなるのだが、悲しみは、私にとって常に敬うべきもののように思われてきたのだ。悲しみ。私は悲しみを知らなかったけれど、物憂さ、後悔、そしてごく稀に、良心の呵責は感じていた。今では、柔らかで苛立たしい絹のようなものが私に覆いかぶさり、私と他の人たちを引き離している。（11）

セシルの複雑な気持ちが表明された一節といえるだろう。必ずしも明晰《めいせき》な言明とはいえないが、彼女の言う「物憂さと優しさが胸から離れないこの見知らぬ感情」とは、まさに「悲しみ」のことに違いない。セシルは「悲しみ」を「常に敬うべきもの」として捉えてきたようだが、それはあまりに夢想的すぎたのではないだろうか。「悲しみ」とは、さまざまな要素が複雑に絡み合う心の状態であり、そこに「物憂さと優しさ」のような、ほとんど相反する情感が同居していても、少しも不思議ではないからだ。この一節の最後の一文も、到底、分かり易いとは言い難い。私たちの感じる「悲しみ」は一律ではなく、すべてが皆異なるということなのか。

次いで、結末の一節を見てみよう。

ただ明け方、パリの車の音だけを聞きながらベッドにいると、ときどき記憶に出し抜かれることがある。あの夏と、その思い出が、すべてまた戻ってくるのだ。アンヌ。アンヌ。アンヌ！　私は暗がりのなかで、とても低い声で、とても長い間、その名を繰り返す。すると私の内で何か（Quelque chose）が沸《わ》き上がり、私はそれをその名で、目を閉じたまま迎え入れる――悲しみよこんにちは（Bonjour Tristesse）。（154）

ここでセシルが迎え入れるのは、擬人化された「悲しみ」だ。そこにはきっと「物憂さと優しさ」のような情感も付随しているに違いない。「悲しみ」はセシルの発する「アンヌ。アンヌ！」という低い呪文のような声に促され、彼女の内に沸き上がる。それはアンヌの存在とは引き離せない「何か（Quelque chose）」なのだ。語頭が大文字で綴られた「悲しみ（Tristesse）」という女性名詞は、まるでアンヌの固有名でもあるかのように、セシルのもとにやってくる。そして、戻ってきたその大切な何かを、彼女は目を閉じたまま心に迎え入れるのだ。

「悲しみ」を意味するフランス語の単語は、“chagrin”など、他にも存在する。だが、ここで選び取られているのは、他でもなく、“tristesse”という一語である。そのことには、何か理由があるのだろうか。ちなみに、手元にある一九七七年版の『ロベール小辞典1』（*Petit Robert 1*）を参照すると、この単語は「辛くも、穏やかで永続的な心の状態」（Etat affectif pénible, calme et durable〔p.2024〕）と説明されている。「辛くも、穏やか」という両面感情的な意味合いには、心に「二重性」を抱えるセシルに相通じるものがあるように思える（「物憂さと優しさが胸から離れないこの見知らぬ感情」）。この語にはやはり、セシル同様、極めて揺動的な要素がそなわっているのだ。さらに付言するなら、辞典の説明にある「永続的」という形容詞も要点の一つといえるかもしれない。アンヌに関する記憶は、彼女の亡き後も繰り返し、セシルのもとに立ち戻ってくるからだ。

『悲しみよこんにちは』というタイトルは、献辞として掲げられたフランスの詩人ポール・エリュアール（Paul Eluard, 1895-1952）の詩集――『今ここにある生』（*La vie immédiate*, 1932）――に収められた詩編の一節から借用されている。その部分を引用してみよう。

Adieu tristesse
Bonjour tristesse
Tu es inscrite dans les lignes du plafond
Tu es inscrite dans les yeux que j'aime
Tu n'es pas tout à fait la misère
Car les lèvres les plus pauvres te dénoncent
Par un sourire
Bonjour tristesse
Amour des corps aimables
Puissance de l'amour
Dont l'amabilité surgit
Comme un monstre sans corps
Tête désappointée

Tristesse beau visage

悲しみよさようなら
悲しみよこんにちは
お前は天井の線のなかに刻まれている
お前は私の愛する目のなかに刻まれている
お前はまったく苦痛ではない
この上なく貧しい唇もお前を告げ知らせるから
微笑みによって
悲しみよこんにちは
心地よい肉体の愛
愛の力
その優しさは突如現われる
肉体のない怪物のように
望みを失った顔
悲しみ　美しい顔

献辞として掲げられた文章が、そのテクストと緊密に関係しているという必然性はないが、このエリュアールの一節には、サガン――そして、セシル――の心情と深く共鳴すると思われる表現が満ち溢れている。「悲しみよさようなら」と書き始めた詩人は、次行でそれを「悲しみよこんにちは」と言い換える。そして、その後の八行目においては、「悲しみよこんにちは」という表現だけが単独で繰り返されることになる。「悲しみ」に対しては、おそらく多くの人たちが「さようなら」に類する言葉を投げかけるだろう。それを心から引き離し、一刻も早く忘れようとして。だが、サガンとセシルは「こんにちは」を選び取る。「悲しみ」を忘却するのではなく、記憶や思い出のなかで、いつまでもそれと寄り添うことができるように。気紛れで、直ぐに物事を忘れてしまうセシルも、「悲しみ」に対しては「こんにちは」と語りかけ、それを心に迎え入れる。それは、「悲しみ」という彼女の感情が、すべてアンヌへの思いから生じているからだ。

> アンヌの幸せそうな笑い声と、私への優しさを考えるだけで、何かが不快な＝悲しい（mauvais）ローブローのように私を打ち、痛めつけ、私は自分自身に喘《あえ》ぎを感じる。うしろめたさと呼ばれるものにとても似ている気がして、何かをせずにはいられなくなるのだ〔……〕（138）

既に指摘したように、「悲しみ」は決して一枚岩的な心の状態ではない。

それは、まさに「物憂さと優しさ」を同時に秘めたような、両面感情的な性質のものなのだ。エリュアールの詩編が絶妙な言い方で表現しているように、「悲しみ」は「望みを失った顔」に表出する情念であっても、「まったく苦痛ではない」ものとして、「私の愛する目のなかに刻まれ」、「微笑みによって、告げ知らら」されることもある。それは、「こんにちは」と語りかけられることによって、「心地よい肉体の愛」として、その力と優しさを現わすのだ。

この一節の最終行で、「悲しみ」と並置されている「美しい顔」は、まさにアンヌの顔を思わせる。また、「肉体のない怪物」という表現は、セシルの言う「柔らかで苛立たしい絹のようなもの」を、どことなく彷彿《ほうふつ》とさせる。

「悲しみ」は、「肉体」に、情念の細やかで複雑な影を投げかける。「唇」、「目」、そしてとりわけ「顔」のなかに。アンヌの「顔」に対するセシルの鮮烈な思いは、彼女が事故を起こす直前の語りにおいて、濃密に吐露されている。

アンヌは一瞬、私の頬に手を置いた。そして行ってしまった。私は車が別荘の隅に消え去るのを目にした。私は途方に暮れ、錯乱していた……すべてが、あっという間のことだった。そして、あの顔（visage）、彼女のあの顔……

（145）

私としては、彼女が走り去る前に見せた動転した顔（visage）の記憶にも、彼女の悲しみ（chagrin）や私の責任という思いにも、長い間、耐えられそうになかった。（146）

あの日、鮮烈に、残酷なほど鮮烈にそこにあったのはアンヌの顔（visage）、苦悩に刻まれたあの最後の顔、裏切られたあの顔だけだった。（147）

悲しみは「自己」のなかだけではなく、「他者」の表情や言動を介し、「自他」の間でも鋭敏に感知される。エリュアールが語るように、それは人と物の間に立ち現われることさえある（「お前は天井の線のなかに刻まれている」）。たとえ「他者」が口にしなくても、それはいつの間にか「肉体」の表面に浮上する。「私は悲しみを知らなかった」（二）とセシルは述べるが、それはもちろん、彼女の心にも肉体にも姿を現わすのだ。セシルが悲しみを知ったのは、アンヌという「他者」の存在があったからだろう。理知的で超然とした彼女が最後に見せた、あの動転した態度や表情。それこそが、セシルの目に映じられたアンヌの「悲しみ」に他ならない。だが、この悲しみは同時にセシルのものでもある。深夜、パリの自室でアンヌの名を繰り返し、「悲しみよこんにちは」と呟きながら、それ(「悲しみ」)を心に迎え入れるのはセシルだからだ。

アンヌが死亡した後も、父娘はともに新たな愛人やボーイフレンドを作り、以前と変わらぬ自由気儘な日々を送ったようだが、気になるのは、最終的な二人の状況である。それについては、ただただ想像してみる以外に術はない。アンヌの死に立ち会い、人間としての「悲しみ」を深く経験したセシルは、いつでも忘れることなく、彼女に対して静かな思いを馳せ続け、生きていったと思慮したい。それこそが、最後に「悲しみ」に向かって彼女が発する「こんにちは」に込められた意味に違いないからだ――「悲しみよこんにちは」。

# おわりに

サガンが『悲しみよこんにちは』を発表した頃のフランスでは、「実存主義」、「不条理性の文学」といった言葉が依然として社会を賑《にぎ》わすなか、ジャン＝ポール・サルトル（Jean-Paul Sartre, 1905-1980）、アルベール・カミュ（Albert Camus, 1913-1960）、そして後のフェミニズム運動に重要な知見を提供することになるシモーヌ・ド・ボーヴォワール（Simone de Beauvoir, 1908-1986）らが、精力的にそれぞれの執筆活動を展開していた。サガンは当時まだ一八歳だったが、この早熟な女性がそうした作家たちの著作に目を向けなかったはずはない。それを示唆するものは、「間テクスト的」な指標のようなものとして、『悲しみよこんにちは』の随所に指摘することができる。

とりわけ顕著と思われるのは、サガンの第一作と、カミュが一九四二年に発表した最初の小説『異邦人』（*L'Etranger*）との驚くべき類似性である。地中海の対岸で展開されるこれら二つの物語は、多くの共通点を有している。幼い頃に死別したセシルの母親には、名前すら与えられていないが、「今日、ママンが死んだ（Aujourd'hui, maman est morte）」という唐突かつ衝撃的な一文で始まる『異邦人』においても、主人公ムルソー（Meursault）の母親は最初から不在である。そして、彼女にもまた、名前は与えられていない。セシルは亡き母親のことをほとんど話題にしないが、ムルソーにも母親の死を悼むような様子は見られない。セシルは母親のことをほぼ覚えていないが、ムルソーもまた、父親の記憶を欠いている。

物語の雰囲気も、登場人物たちの置かれた社会状況も著しく異なるが、セシルとムルソーは抑止不可能な「不条理性」を抱え持つ、いわば同類のような人間なのだ。カミュは一九五一年に『反抗的人間〔男性〕』(*L'Homme révolté*)という評論を上梓しているが、セシルはまさに「反抗的女性(la femme révoltée)」と呼ぶに相応しい存在といえるだろう。

セシルとムルソーの「不条理性」は、交際相手に対する不安定な心情にも明確に現われている。シリルとの関係を大切にし、彼を愛していると何度も表明していたはずのセシルは、物語の結末付近で「彼を愛したことは一度もなかった」(150)と、あっさり断言している。ムルソーが交際しているマリー(Marie)に示す態度も、それとよく似ている。彼女から「私を愛しているの?」と聞かれたとき、「おそらくは、君を愛してはいないだろう」と彼は即答するのだ。

また、殺人を犯すムルソーは、司祭の言葉に耳を貸そうとしない「無神論者」だが、セシルもまた、自分と父は「神を信じていない」(153)と断言している。

さらに、法廷で裁判長から加害行為の動機を尋ねられたとき、ムルソーは「それは太陽のせいだった(c'était à cause du soleil)」と口にするが、セシルにもそれを彷彿《ほうふつ》とさせる口癖がある。彼女は自分の心境が突然変化する原因について、「それは暑さ（la chaleur）だった〔……〕」（66）と説明し、「〔……〕私は〔……〕暑さのせいで（à cause de la chaleur）あなたを〔アンヌ〕を恨んでいた」（84）と訴えるからである。こうした言い方は、自然とアンヌにも感染していく。口論になったとき、彼女はセシルに対し、「〔……〕言い争いの原因は、きっと暑さ（la chaleur）だったんでしょう」（109）と語るからだ。

類似性は他にも多々見出せるかもしれないが、最後にもう少しだけ付け加えておくことにしよう。それは、セシルの父親とムルソーの隣人が、レイモン（Raymond）という名前を共有していることである。両者は無論、まるで関わりのない人間だが、そこに「間テクスト的」な照応のようなものを感じてしまうのは、単なる幻想だろうか。

そして、これは完全に偶然なのだが、アンヌとカミュはともに自動車事故で亡くなっている。二つの物語を再読しながら、思わず心を過《よぎ》ったのは、虚構と現実において生じた、何の関係もない出来事の壮絶ともいえる生々しさだった。ちなみに、サガン自身も一九五七年に自動車事故で重傷を負っている。

＊

おそらく五〇年ほど前に初めて接したこのサガンの小説を再度読み直してみて感じたのは、自分が今、まったく異なるテクストに向かい合っているという印象だった。「読み」というものが、時間や年齢とともに変わることを、つくづくと思い知らされた。若い頃は、ある種の「青春小説」――あるいは「大衆小説」――のようなものとして彼女の作品を受け止め、数多く翻訳刊行されていた諸作品に次々と読み耽っていたという記憶がある。しかし、今回のように、『悲しみよこんにちは』を一つの「文学テクスト」として精読しようなどとは、考えてもみなかった。自分のなかでは永遠の「青春小説」として位置づけられてきたこのテクストを、長い時を経たのちに「精読」する。それは、非常にわくわくする試みと思われた。とはいえ、一抹の（大きな？）不安のようなものもあった。大成功を収め、全世界で多くの読者を獲得してきたこの「傑作」を今さら読み返したところで、これ以上何が得られるというのか？　今なお、何らかの意味や価値を有するような本を書くことが、はたして可能なのだろうか？　しかし、とにかく挑戦してみなければ、何ごとも前には進まない。そう無邪気に腹を括《くく》り、ほとんど手探りで作業を開始した。四ヶ月ほどの執筆期間は、寝ても覚めても、このテクストのことばかりを考えているような生活が続いた。とにかく、余計なことは何も考えなかったのだ。

　ささやかな小著ではあるが、こうして書き上げられた本書が読者の方々に届けられるのを想像するだけで、胸がいっぱいになる。いうまでもないことだが、文学テクストの解釈には、数多くの可能性がある。ここに提示し得たのは、筆者が個人的な視点から着目し、夢想を馳せることになった幾つかの問題＝テーマに関する論述にすぎない。読んでくださる人たちが関心や批判を抱き、さらに豊かで多様な「読み」の可能性が開かれていくことを、心より期待したいと思う。

　本書の計画は、二〇二一年六月に刊行された拙著『『星の王子さま』再読』のときと同じく、小鳥遊書房の高梨治さんから頂いたご提案に応答する形で開始された。筆者はその頃、『二一世紀のパトリック・モディアノ――七編のテクストを読む』（小鳥遊書房、二〇二二年八月）の執筆に既に取り組んでいたため、刊行は、およそ一年ほど遅れることになった。どのように書いたらよいか何度も悩み、あれこれと模索・奮闘した経験は、今後の執筆活動にとっても、極めて貴重で有意義なものになったと考えている。厳しくも、楽しく充実した四ヶ月間を与えてくださった高梨さんに、改めて謝意を表したいと思う。

　最後に、本文はすべて、本書のために書き下ろしたことを付記しておきたい。

二〇二三年七月二八日

土田知則

【著者】

## 土田知則

（つちだ　とものり）

1956年、長野県に生まれる。
1987年、東京大学大学院人文科学研究科博士課程単位取得退学。博士（文学）。
千葉大学名誉教授。
専門はフランス文学・文学理論。

著書に、『現代文学理論――テクスト・読み・世界』（共著、新曜社、1996年）、
『ポール・ド・マン――言語の不可能性、倫理の可能性』（岩波書店、2012年）、
『現代思想のなかのプルースト』（法政大学出版局、2017年）、
『ポール・ド・マンの戦争』（彩流社、2018年）、
『他者の在処――住野よるの小説世界』（小鳥遊書房、2020年）
『『星の王子さま』再読』（小鳥遊書房、2021年）
『二一世紀のパトリック・モディアノ――七編のテクストを読む』（小鳥遊書房、2022年）
ほか、
訳書に、ショシャナ・フェルマン『狂気と文学的事象』（水声社、1993年）、
ポール・ド・マン『読むことのアレゴリー――ルソー、ニーチェ、リルケ、プルーストにおける比喩的言語』（岩波書店、2012年→講談社学術文庫、2022年）、
バーバラ・ジョンソン『批評的差異――読むことの現代的修辞に関する試論集』
（法政大学出版局、2016年）ほかがある。

# 私《わたし》はとんでもない

## フランソワーズ・サガン『悲《かな》しみよこんにちは』を読《よ》む

2023年9月30日　第1刷発行

【著者】
土田知則



発行者：高梨 治
発行所：株式会社小鳥遊書房《たかなし》
〒102-0071　東京都千代田区富士見1-7-6-5F
電話 03-6265-4910（代表）／FAX 03-6265-4902
https://www.tkns-shobou.co.jp
info@tkns-shobou.co.jp

装幀／鳴田小夜子（KOGUMA OFFICE）
印刷／モリモト印刷株式会社
製本／株式会社村上製本所
ISBN978-4-86780-027-0　C0098